獣神様とは番えない
～アルファの溺愛花嫁さま～

Tatsuru Murasaki
村崎樹

CHARADE BUNKO

Illustration

奈良千春

CONTENTS

俺の人生はここで終わりかと、ルークは二十二歳にして己の死を悟った。

新緑が生い茂る森の中は、日が差し込まないせいで昼間だというのに薄暗く、じめっとしている。地面に転がるルークは、泡を食って逃げ出す三人の男を見つめていた。視界が霞《かす》むのは、木の根に足を取られ、転倒してしたたかに頭を打ったためだ。

男たちを追い払った存在——耳の先から尻尾の先端まで漆黒の毛で覆われた狼《おおかみ》が、おもむろにルークを振り返った。一般的な狼の三倍はあろうかと思われる巨軀《きょく》が、のしのしと近づいてくる。

意識が朦朧《もうろう》とした状態でできることなどなにもない。きっと無残に引き裂かれ、餌食となるのだろう。人目を引く風貌も台無しだ。

雪のように白い肌と、アメジストを彷彿《ほうふつ》とさせる紫色の瞳。猫のように上がった目尻がきつい印象ではあるものの、ルークの容姿は涼しげで整っていた。癖のない銀髪は艶やかで、耳の後ろの髪を編み毛先を結わえている。

「は……ッ、ざまあねえな……」

ルークは頰をひくつかせぎこちない笑みを浮かべた。閉塞的な集団から抜け出し、自由気ままに楽しんでいた生活も、最期は随分と呆気《あっけ》ないものだ。わずかに頭を動かすと、目と同じ色の石がはめ込まれた耳飾りが、チャリ……と音を立てた。

狼は、獲物の匂いを確かめるようにルークに鼻先を寄せ、体の輪郭をたどっていった。そして腹部で動きを止める。

転んだ拍子に衣類がめくれ上がり、臍《へそ》の下に広がる、花と蔓《つる》を思わせる薄紅色の紋様が露出していた。それを金色の目でじっと見つめた狼は、脇腹に舌を這《は》わせ始める。どうやら傷ついて血が滲《にじ》んでいたようだ。

味見をしているのかもしれないが、慎重に動く舌はルークを労《いたわ》るようで、恐怖よりもむしろ温かい気持ちが湧いてきた。その狼の足元にぽたっと赤い雫《しずく》が落ちる。それは軌跡となって狼が歩いてきた道を濡《ぬ》らしていた。

「……なんだよ。自分も怪我をしてるくせに、俺に同情してくれんのか？」

化け物扱いされ、痛めつけられたのかもしれない。

視界がゆっくりと暗転し始め、意識が徐々に遠退いていく。ルークは重たい腕をなんとか上げると、黒い毛で覆われた鼻先に触れた。狼の体がぴくりと震える。

体毛は思いのほかやわらかく、その下からほのかな体温を感じた。金色の目がまっすぐに自分に向けられているのを感じ、ルークはまぶたを伏せて薄く笑んだ。

「俺を……喰《く》ったら、どこ、か……遠くに逃げろ。誰も、お前を……苦しめない場所まで」

訥々《とつとつ》と告げたところで、とうとう体に力が入らなくなり、ずるりと腕を下ろした。意識がぬるま湯に溶けていくように途切れる寸前、狼が「グル……」と短く鳴いた気がしたが、朦朧とする頭が作り出した幻聴かもしれない。

そのあとに聞いた、低いけれど不思議とよく響く男の声も。

「――見つけたぞ、俺の薬花」

＊＊＊

まぶたを開けて最初に目に飛び込んだのは、繊細に繰形の装飾を施した折り上げ天井だった。白を基調にした天井と壁は清廉な印象で、燭台《しょくだい》に灯された火によって橙色《だいだいいろ》に照らされている。左側に見える大きな縦長窓には重厚な質感の窓帷《カーテン》が取りつけられ、その隙間から闇に沈んだ空が覗《のぞ》いていた。

身を横たえている寝台は両手両足を伸ばしてもまだ余るほど広い。寝間着は絹で作られているのか、しっとりと肌に馴染《なじ》んで心地よかった。神殿にでもいるのかと思ったが、神に仕える者が使用するにはどちらもあまりに豪勢だ。

おもむろに上体を起こしたルークは、土埃《つちぼこり》にまみれていた体が清められ、怪我が手当てされていることに気づいた。身に着けていた衣服は見当たらなかったが、耳朶《じだ》に触れると大振りの耳飾りは残されており、ほっと安堵《あんど》の息を漏らす。

（ええっと……マルサイエの商人の屋敷に盗みに入って見つかって、森に逃げ込んだんだよな）

ルークの収入源は主に窃盗だ。カムハダン帝国の商業都市マルサイエで、とある商人から当面の生活費を頂戴したところ、執拗《しつよう》に追われる羽目になった。

後頭部を乱雑な手つきで掻《か》くと、一部に鈍い痛みを感じた。頭にも包帯を巻かれている。そうだ、確か転んだ拍子に頭をぶつけて……と思い返していると、「目を覚ましたのね」と声がかけられた。

扉の前に立っていたのは、すらりとした体軀の十代後半の女性だった。たっぷりとした長い金髪は腰まであり、きつい印象はあるものの華やかな美人と言える。深紅の生地に金色の糸で刺繡《ししゅう》を施したドレスは体の輪郭に沿う優雅な意匠で、貴族の屋敷で働く侍女の、動きやすさを重視した服装とは作りが違った。

彼女の後ろに隠れるようにしてこちらをうかがうのは、五、六歳の男児だ。彼がまとう上衣と、裾を括り上げた下衣にも凝った装飾が施されている。くりっとした大きな目と、栗色《くりいろ》の艶やかな髪が特徴の愛らしい顔立ちで、姉弟にしては似ていない。

「じゅうしん様を呼んでまいります。はなよめ様はこちらでお待ちください」

ルークと目が合うとおどおどと視線を泳がせるが、自分の役割を言い聞かせるように胸に手を当て、丁寧に頭を下げてみせる。そこには、ふわふわした毛に覆われた熊の耳が生えていた。くるりと身を翻した臀部には丸い尾も確認できる。

(初めて見た。獣人ってやつか？　いや、獣の部位は耳と尾だけだから半獣？)

数は限りなく少ないものの、獣の姿をしながら二足歩行をし、人間と同様の生活を送る種族・獣人がこの世界にはいる。

「わたしはシェリー・ガーネット、さっきの子はテッド・ヘイゼル。パラビスト王国の獣神であるオーウェン様にお仕えする、獣の神子よ」

部屋の中央までやってきた彼女はつんと澄ました顔で名乗った。

「パラビスト？　って、カムハダンの隣国の？」

その問いには答えず、シェリーはまるで品定めでもするかのようにルークを見る。露骨な視線を浴びせたのち、美しい顔を歪《ゆが》めた。

「……ま、確かに顔はいいわね」

これほど不愉快そうに容姿を褒められたのは初めてだ。ルークは「はあ、どうも」と気の抜けた反応をした。獣神、獣の神子。どこかで聞いたことがある言葉だ。

しかしそれ以上に気にかかったのは、シェリーから微かに放たれる芳香だった。美しい容姿に花のような芳香。ルークは「まさか……」と眉を顰《ひそ》める。

そのとき、ガチャリと扉の取っ手が捻られた。ノックもせずに入ってきた男に、ルークの視線は釘《くぎ》づけになった。

重たげな黒髪と金色の虹彩を持つその男は、彫りが深い美丈夫だった。張りのある黒の生地に、金釦《ボタン》や肩章で華やかに装飾された立襟の上着をまとい、膝下まで垂れた袖なし外套《がいとう》を羽織っている。遅れてテッドが部屋に入ってきた。

男は背が高く、衣服をまとっていても分かるほど広い肩幅をしていた。ずかずかと近づいてきたかと思うと、ルークの上衣をつかんで無遠慮に捲《まく》り上げる。

「なにすんだよ！」

失礼な行動にルークはカッとなるが、男は気に留める素振りすら見せなかった。腹部を見つめたのち、ルークに目を向ける。

「サーゲルのオメガとはお前のことだな？　うなじから放たれるオメガ特有の芳香と、臍の下に広がる花の紋様がその証だ」

「……俺みたいな出来損ないの匂いを嗅ぎ取れるなんて、随分鼻がいいアルファ様だな。オメガの体を勝手に検分するあたりご趣味までいいときた」

深みのある低い声で言い当てられ、ルークは挑発的な笑みを浮かべた。よりによってアルファに捕まるなんて……と、腹の底は焦りと怒りと屈辱がごちゃ混ぜになっている。男の放つ香りは豪奢《ごうしゃ》な花を思わせ、シェリーよりもずっと濃い。

この世には男女の性差の他に、「第二の性」と呼ばれる性別があった。目の前の男は、

恵まれた体格と優れた知力を持ち、社会階級最上位に君臨するアルファらしい。そして男女問わず胎内に子宮を持ち、妊娠可能なオメガ――それがルークだ。

一〇〇人いればその内三人がアルファ、一人がオメガ、他が体格・知力ともに平凡なベータだと言われている。

オメガの妊娠率は限りなく低いが、例外的に受精率が上がるのが三ヵ月に一度訪れる発情期だ。一週間ほど続くその期間中、オメガは強烈な肉欲に支配される。アルファの情欲を掻き立てる誘惑香を放ち、子種を注がれること以外考えられなくなるのだ。その淫らな姿のせいで、オメガは蔑みの対象とされてきた。

オメガに種つけしたいアルファの本能と、アルファの子種を求めるオメガの本能により、発情期でなくともアルファとオメガは互いの微かな匂いを感じ取ることができる。とはいえルークは、ある事情からオメガ特有の香りはほとんどしないはずなのだが。

「ちょっと！　あなた、未来の旦那様に向かって態度が悪いわよ！」

憤慨も露わにたしなめるシェリーの台詞に、「旦那様だあ⁉」と声を裏返らせた瞬間、シェリーの頭から黄色の地に黒の縞《しま》模様が入った虎の耳がにょきっと生えた。どうやら彼女も半獣らしい。

ルークへの怒りを示すようにシェリーが尻尾の毛を逆立てる中、彼女の斜め後ろではテッドが眉尻を下げおろおろしていた。頭が揺れるたびに丸い熊耳も忙しなく動く。

「シェリー、テッド。別室に控えていろ」

社会的地位が底辺のオメガに盾つかれても、男は顔色一つ変えなかった。二人が退出するのを待って再び口を開く。

「俺はオーウェン・ブラックウェル。黒狼の祝福を受けたパラビストの獣神だ」

「それと、俺が花嫁呼ばわりされていることになんの関係があるんだよ」

腕組みをして反抗的な視線を向けると、オーウェンは一度口を閉ざしたのち、慎重に言葉を選びながら説明した。

「サーゲルのオメガは、臍の下に紋様があるだろう? その紋様を持っている者を我々は『薬花《くすりばな》』と呼んでいる。獣神の力は強大だ。成長に伴って増していくその力を使いこなすには、『薬花』と呼ばれるオメガが必要なんだ」

パラビストに獣化する子供、つまり獣神が生まれるようになったのは三〇〇年前。テッドやシェリーも含め獣神は必ずアルファなのだという。

「薬花の協力があれば獣神の力をある程度長く使える。さらに薬花と番になれば、天寿をまっとうするまで獣神としての役目を果たせる可能性がある。だが、俺には悠長にしていられる時間はない」

それまで淡々と説明するばかりだったオーウェンの表情がわずかに曇った。

アルファ性の子供を産む確率が高いオメガは、類い稀《まれ》な美貌を持つことも災いし、ルークが生まれたカムハダンでは人身売買の対象となっていた。発情中にアルファにうなじを嚙《か》まれるとそのアルファの番となり、番以外の相手の子供を妊娠するのが難しくなる。

望まぬ結婚や妊娠を避けるため、一部のオメガは身を寄せ合い、遊牧をして暮らすようになった。オメガで構成されるその集団をサーゲルと呼ぶ。巧妙に身を潜める彼らの足取りを追うことは非常に難しい。

「つまりあんたは、その薬花を見つけたから自分の番になれって言ってんのか？」

「そうだ。代わりにお前はこの屋敷で不自由ない生活を送ることができる。なにか問題でもあるか？」

「あるに決まってんだろ！　なんでそんな要求を吞《の》まなきゃならないんだ」

ルークがどんなに突っかかってもオーウェンは無反応だった。感情そのものをどこかに忘れてきたかのような鉄壁の無表情だ。

その落ち着き払った態度が余計に癪《しゃく》に障り、ルークは半身にかけられていた布団を勢いよく剝がした。

「ずっと獣神でいるためには薬花ってやつと番になる必要があるんだろ？　残念だったな。俺は今まで一度も発情したことがない、出来損ないのオメガなんだよ。誰とも番になんかなれないんだ」

眉間に皺《しわ》を寄せて歪んだ笑みを浮かべてルークが皮肉った調子で告げると、オーウェンは金色の目を見開いた。手に入れた薬花がとんだ役立たずだなどと、予想もしていなかったのだろう。その様に少しばかり胸がすく。

「手当てをしてくれたことには礼を言う。けれど他のオメガを当たってくれ」

さっさと退散しようと床に足をついて立ち上がった瞬間、ルークは足首に鋭い痛みを覚えた。

「い……ッ！」

短く呻《うめ》いてよろける体を、伸びてきた腕が抱き留めた。不覚にもオーウェンの胸に身を預ける形になってしまう。

「その足では逃げられまい。カムハダン帝国マルサイエの悪徳商人から」

「……！　どうしてそれを……」

痛みに顔を歪めながら見上げると、オーウェンは再び感情の読めない顔に戻っていた。

「カムハダンにいるサーゲルの者たちが薬花だという情報を得て、捜索に向かった俺たちは、マルサイエの酒場でとある男たちに声をかけられたんだ。銀色の髪と紫色の目を持つオメガを見なかったかと。……奴はお前を捕らえてアルファに売り飛ばす気だぞ」

オメガならばサーゲルの情報を持っている可能性が高い。そう考えたオーウェンたちは、男に酒を飲ませそのオメガについて巧みに聞き出した。

その人物は商人の屋敷に入った盗人で、臍の下に不思議な紋様があるという。珍しさからアルファに高値で売れるだろうと考え、探しているらしい。オーウェンは商人が雇ったその男たちの足取りを追い、森の中でルークを発見した。

盗みに入った屋敷の中で揉《も》み合う際に、腹の紋様を見られでもしたのだろうか。どんなに逃げても執念深く追ってきた男たちを思い出し、ルークは今さらながらゾッとした。

オメガは小柄で華奢な体軀の者が多いが、二十二歳になった今でも発情を経験していないせいか、ルークの身長はどちらかと言えばベータに近く、オメガ特有の香りもごく薄い。一般的なオメガに比べ第二の性を見抜かれにくいはずだと高をくくっていた。

どうやら自分は厄介な相手に喧嘩《けんか》を売ってしまったらしい。アルファに売られていたらと考えると、知らず表情がこわばってしまう。

オーウェンは尊大に腕組みをし、ルークの頭の天辺から足先まで露骨に観察してきた。

「なんだよ」

「……発情したことがないというのは本当か？　逃げ出すための嘘《うそ》ではないだろうな」

「信じられないなら三ヵ月くらい手元に置いておけばいい。あんたを惑わす誘惑香なんてちっとも出やしないからな」

もちろんその間はしっかり生活を保証してもらうけど、とつけ足してルークは鼻で笑った。発情しないオメガは子供を作ることはおろか、番になることさえできない。そんな穀潰しをわざわざ屋敷に置くアルファはいないだろう。

しかしオーウェンの返答は思いがけないものだった。

「そうだな。お前が薬花であることは間違いないんだ。番にならなくても獣神への協力はできる。この屋敷で暮らしてもらうぞ」

「はあ⁉」

「一生お前を縛りつけるつもりはない。せいぜい半年、場合によってはさらに短くなるだろう。その間は花嫁修業をすることになるが、寝食の心配はいらないし、身の安全を保証された環境でゆっくり怪我の治療に専念できる」

ルークは絶句した。とはいえ、足の怪我が治らないまま追われる身に戻るのは確かに厳しい。その一瞬の沈黙をオーウェンは同意と捉えたようだ。

「お前が発情しないオメガであることは決して他言するな。分かったか？　それさえ守ればあとは自由に過ごしていい。シェリーとテッドが、お前の面倒を見てくれる」

ルークを寝台に座り直させて立ち去ろうとするオーウェンに苛立ちを覚え、「待てよ！」と声を荒らげた。

「まだなにかあるのか？」

腹立ち紛れに声をかけただけだったため、まごついた末にオーウェンを鋭く睨《にら》みつける。

「お前お前って、上から目線な呼び方をするんじゃねえよ！　俺の名前はルークだ。薬花だかなんだか知らないが、協力して欲しいなら名前くらい覚える努力をしろ！」

その言葉にオーウェンは眉を上げた。他人を従える立場にいるからだろうか、指摘されて初めて自分の傲慢さを知った様子だ。

ルークが知るアルファなら、「オメガのくせに生意気な口を叩《たた》くな」とでも言って容赦なく殴りつけただろう。けれどオーウェンが気分を害する様子はなかった。

「それはすまなかった。では改めて、シェリーとテッドのもとで花嫁修業に努めてくれ、ルーク」

淡々と告げ、オーウェンは扉の外へ消えた。名目上とはいえ花嫁という不本意な扱われ方にルークは地団駄を踏み、再び走った足の痛みに「ぎゃっ」と悲鳴をあげた。

翌日から早速花嫁修業が始まった。ゆったりとした滑らかな上衣を革の腰紐《こしひも》でまとめ、テッドと同じく裾を括った下衣を穿かされる。言葉遣いや食器の正しい使い方など、礼儀作法を中心に学んだ。

本来は舞踏や乗馬の練習も行うのだが、怪我を負った足に負担をかけないよう配慮したらしい。そういった勉強とは無縁だったルークにとっては精神的な苦痛が大きく、辟易《へきえき》するばかりの毎日だった。

「ほらっ、スプーンの端からスープがぼたぼたこぼれてるわよ！　音は立てないように飲みなさい。猫背にならない、首を竦《すく》めない！　亀じゃないんだからっ」

屋敷の食堂で、シェリーは腰に手を当てキンキンと高い声で責め立てた。生まれて初めて味わう上質なスープなのに、横で一挙一動にうるさく口出しされてはちっとも食事が楽しめず、ルークはうんざりと虚空を眺める。

「だああもう、やめだやめ！　そんなに一気に覚えられるかってんだ。こういうのは習うより慣れろって言うだろ？」

皿の上にスプーンを放り、頭の後ろで手を組んで椅子の背にもたれかかると、シェリーが「ちょっと！」と眉を吊り上げた。その拍子に虎の耳と尻尾が飛び出るが、もうすっかり見慣れた光景だ。

もうすぐ六歳になるテッドは熊、十七歳のシェリーは虎に変化する獣の神子で、幼いうちは獣の本能をうまく制御できず獣耳や尻尾が常に露出する。年齢を重ねるにつれて完全な人間の姿で過ごせるようになるそうだが、感情的な性格のシェリーは気持ちが昂《たかぶ》った際にしばしば虎耳が出てきてしまうらしい。

「獣神様の花嫁になると、国王陛下と謁見したりお食事をご一緒することもあるのよ。あなたの言動で恥を掻くのは獣神様なんだからね！」

シェリーはツンと虎耳を立てて責めるが、ルークは聞く耳を持たなかった。オーウェンの花嫁になどなるつもりがないのだから当然だ。

スープで汚れた口許を手の甲で乱雑に拭うと、食堂の隅でルークたちのやりとりを見守っていたテッドが、すかさず寄ってきて手巾《ハンカチ》を差し出してくれた。くりっとした丸い目を向け、一生懸命腕を伸ばしてくる健気な姿は、荒んでいた心に癒やしを与えてくれた。

「ありがとな。俺に優しくしてくれるのはテッドくらいなもんだよ」

手巾を受け取って手を拭ったルークは、ふっと表情を綻ばせ、反対の手をテッドの頭に載せた。わしわしと豪快に撫《な》でると、テッドは口を半開きにして硬直する。

みるみるうちに赤面したテッドは、大慌てでシェリーの後ろに隠れてしまった。可愛らしい姿にまた頬がゆるむ。ただ少し、子供にしては表情の変化が乏しいのが気がかりだが
……と考えたところで、シェリーがじとっとした視線を寄越しているのに気づいた。

「血も涙もない小姑《こじゅうと》みたいな言い方をしないでくれる？　あなたが獣神様にふさわしい気品を身につければ、わたしだって獣の神子として獣神様の花嫁に忠誠を誓うわよ」

「シェリーの世界は獣神を中心に回ってんだなあ……」

「当たり前でしょ。パラビストに獣神様を崇め讃《たた》えない者なんていない。獣の神子として生まれ、次期獣神として獣神様にお仕えすることはこの上ない栄誉なの」

豊かな自然を誇る小さな島国・パラビスト王国には、希少な鉱石が採掘される鉱山や、人間の手では育てることが困難な薬草が自生する森などがある。

財を生む山々を目当てに幾度となく他国が攻め入ったが、そのたびに圧倒的な戦力ですべて跳ね返してきた。それこそが例の獣神だ。

パラビストでは十年から十五年ほどの周期で、ブラックウェル家を含む三大貴族の中に、獣の耳と尻尾を持つ者が生まれるらしい。自在に獣に姿を変えられる彼らは並外れた戦闘能力を持ち、生きた神である『獣神』として、次の獣神――獣の神子が育つまでパラビストを守るのだという。

「獣神が変化するのはただの獣じゃない。大きさを自由に変えられる体や、矢を弾き剣の刃が欠ける硬質な皮膚、人間を気絶させられる咆吼《ほうこう》を持つの。敵はあっという間に戦力を削がれてしまうわ」

侵略を試みた国々はその大半が諦め、パラビストと対等な関係を築く方針に切り替えた。パラビストの国民が平和な暮らしを送れるのは、すべて獣神のおかげなのだという。

「獣神は成人を迎える十五歳くらいで即位して、十年前後で次の獣神に交代するの。だけどオーウェン様は十二歳で即位してから二十八歳になった今まで、もう十六年も獣神を務めていらっしゃるのよ。これは歴代最長だと聞くわ」

鼻高々に語るシェリーに、ルークは「ふーん……」と薄い反応をした。いかに彼がすごいかを語られても今一つピンとこない。そもそもオーウェンが獣耳や尻尾を生やしている姿すら見ていないのだ。

背もたれに身を預けたまま、ルークは広い食堂を見回す。高い天井から下がる豪奢な照明器具、壁を彩る美しい絵画、食卓の脚に施された丁寧な彫刻。それらはルークが今まで盗みに入った貴族の屋敷と比べてもなんら遜色ない。

歴代獣神が住むというこの屋敷には、獣の神子としてオーウェンの世話役を務めるシェリーとテッドの他に、数多くの従者が暮らしていた。

振る舞われる食事は極上の味だし、毎晩ゆっくり湯に浸かり、広い寝台でぐっすり眠ることができる。花嫁修業は正直言って面倒くさいが、最長でも半年という期限つきであることを思えば悪くない生活に思えた。

「さあ、おしゃべりはこれくらいにして、食事の作法の勉強を……」

散々オーウェンを褒め称えて満足したのか、再びシェリーが背筋を伸ばした。それと同時にガチャリと音がして、深紅の外套を羽織ったオーウェンが姿を現す。

「ルークの調子はどうだ？　シェリー」

中へ踏み込んだオーウェンは、颯爽《さっそう》とした足取りで近づいてきた。憧れのオーウェンに声をかけられ、シェリーは年相応に表情を輝かせる。

「まだ全然気品の『き』の字も見出せませんが、ご安心ください。シェリーが必ず素敵な奥方に仕上げてみせます！」

シェリーの素直すぎる感想にルークが「おい」と眉を寄せると、オーウェンがちらりと視線を寄越した。

「東南から島に上陸した輩がいるようだ。これから兵を率いて様子を見に行くが、獣化して戦う可能性もある。……そのときは、ルークに薬花としての務めを果たしてもらうことになるだろう」

オーウェンの声には抑揚がないが、わずかに緊迫感が漂っていた。シェリーはすぐさま表情を引きしめると神妙な面持ちで頷《うなず》く。

「三の刻までにお戻りでなければ、準備をしたうえで室内庭園にてお待ちしております。どうぞご無事で、我らが獣神様」

いくら獣神が圧倒的な強さを誇るとはいえ、敵が攻めてきたという報せを聞けば緊張せずにはいられないのだろう。固い表情のシェリーを盗み見てから、ルークはオーウェンに目を向けた。視線がぶつかる。

「……よろしく頼む」

シェリーに言ったのか、それともルークへの言葉なのか。宛先の分からない一言を残してオーウェンは食堂をあとにした。礼儀作法の指導をされていたときのやかましさが嘘のように静まり返る。

「テッド、食器を下げるように侍女に声をかけて。それから湯浴みの準備もするようにと」

「わ、わかりました」

テッドはこくりと頷いて慌ただしく駆けていった。浅く息を吐いたシェリーは、一瞬の沈黙ののちルークに顔を向ける。

「薬花としての初仕事になるかもしれない。湯浴みをしたら着替えて移動するわよ」

「は？　湯浴み？　そもそも薬花ってなにをするんだよ」

この二週間、オーウェンはルークになにも要求しなかった。同じ屋敷で暮らしているだけでなにかしらの影響があるのかもしれない……などと勝手に考えていたが、それほど都合のいいものではないようだ。

「行けば分かるわ。こういうのは習うより慣れろ、なんでしょ？」

ルークと目を合わさずに言って、シェリーは食堂の壁に立てかけていた杖《つえ》を手に取った。右足を庇《かば》って歩くルークに差し出し、「さっさと行くわよ」と容赦なく急かした。


湯浴みを済ませたルークは、腰紐で留める前開きの寝間着に着替えさせられた。まだ日が高いのにと首を傾げつつ、侍女たちに連れてこられたのは、広大な中庭の端に建てられた室内庭園だった。

白い外壁にガラス張りの天井という一風変わった造りの室内庭園は、五の月の爽やかな日差しを浴び、鮮やかな色の花が咲き乱れていた。濃い朱色が目を惹《ひ》くハイビスカス、幾重にもなった白い花びらが美しいピオニー、ルークの目と同じ色のカンパニュラ。迷い込んだのか、黄色の羽を持つ一羽の蝶《ちょう》が花々の間を気ままに飛んでいる。

中央には乳白色の石で作られた噴水が設置され、涼やかに飛沫《しぶき》を上げていた。その縁に腰かけて待っていると、しばらくしてシェリーがやってきた。

「これを飲んで。薬花としての初仕事を祝うお酒よ」

差し出された細長いグラスには薄い黄色の液体が注がれていて、底から細かな気泡が立っていた。微かに甘い香りがする。

マルサイエの商人に追われてからは怒濤《どとう》の日々で、酒を味わう余裕などなかった。ありがたく頂戴してグラスをあおると、まろやかな甘みとピリピリとした刺激が舌の上に広がる。安い酒しか飲んでこなかったのでよく分からないが、きっと上質なものなのだろう。

「で？　結局薬花の仕事ってなんなんだよ。庭園に来れば分かるって話だっただろ？」

ルークが尋ねると、グラスを回収したシェリーは噴水を離れ、出入口の上にある時計に目を向けた。時刻はもうすぐ三の刻を回ろうとしている。

ぐらりと視界が回ったのはそのときだった。突然の目眩《めまい》にルークは慌てて噴水の縁に手をつく。グラス一杯の酒で酔うような下戸ではないはずだが……と思っているうちに、腹の底がどんどん熱くなってくる。

溶け出した毒のようにゆっくりと全身を巡り始めた熱は、ルークの下肢に集まってきた。ゾクゾクとした感覚がうなじを上り、唇から漏れる息が湿っていく。初めて覚える急速な昂りに、ルークは霞がかった頭で必死に考えを巡らせた。

（嘘だろ……、もしかしてこれが発情……？）

ルークがかつて所属していたサーゲルでは、秘伝の発情抑制剤を毎日服薬していた。八十日間服薬したのち、十日間の休薬期間を設け、その間に発情を迎える。そうすることで発情をきっちり九十日周期に調整し、心身の不調やアルファの香りを嗅いだことによる予定外の発情を防いでいるのだ。

八年前にサーゲルを抜けてからも、ルークは亡き母から教わった作り方をもとに抑制剤を服薬していた。今まで一度も発情を迎えていないとはいえ、生涯にわたり発情しないとは限らない。せめて予測できる日程で初回の発情が起こるようにと調整していた。今回も発情しないまま予定期間が過ぎ、今は通常どおりの生活が送れる時期のはずだった。

（それなのに、アルファの近くで発情を迎えるなんて……）

アルファは女性であっても男性と同じ生殖器を持ち、オメガを妊娠させることができる。

ルークは背筋を凍らせるが、振り返ったシェリーは涼しい顔をしていた。

「発情しているわけじゃないから安心していいわ。さっき飲ませた催淫剤にはオメガの発情を抑える薬も配合しているの。理性を失って獣神様の花嫁に手を出した……なんてこと、あってはならないもの」

「さいいん、ざい……？」

はっ、はっ、と浅い呼吸をしながら、耳に飛び込んできた単語を繰り返した。体に力が入らなくなり、噴水の縁にぐったりと上体を横たえる。

全身が火照り、特に下腹部がひどく熱を持った。寝間着の前を膨らませてしまうのが恥ずかしく、ルークは膝を合わせて懸命に中心を隠した。

自分で触れて精を吐いてしまいたいのに、シェリーがいたのではそれもできない。唇を噛みしめて身を焦がす性欲に耐えていると、庭園全体に微かな縦揺れが起こっていることに気がついた。

ズシン、ズシンという揺れは徐々に大きくなっていく。混乱の中、出入口に虚ろな目を向けたルークは、数名の兵士とともにやってきたものに言葉を失った。

身を屈めて出入口を潜ったのは、頭頂から足先までがルークの背丈の二倍近くある、漆黒の毛に覆われた狼だった。濡れた鼻はなにかを求めるように忙しなく動き、やがて視線の先にルークを捉える。裂けた口からは赤い舌と鋭い犬歯が覗いていた。

(森で会ったあの狼だ……)

なぜあのときの狼がオーウェンの屋敷に現れたのか。ルークはなんとか逃げ出そうと噴水の縁に手をつくが、足腰に力が入らず地面に膝からくずおれる。

「わたしは退室するから、しっかり獣神様を癒やしてちょうだい。獣神様だって同じ屋敷で育った妹のような相手に、薬花の体液を摂取する様子なんて見られたくないだろうし」

シェリーは軽く片手を振って庭園をあとにした。彼女にかけられた言葉の意味がちっとも理解できない。今目の前にいる巨大な狼がルークを喰らおうとしていることと、獣神であるオーウェンを癒やすことがどう繋《つな》がるというのか。

ルークは地面に尻をつけたまま後ずさった。しかし狼は荒い息を漏らしながらルークの匂いを嗅ぎ始める。

黒く大きな鼻が全身を行き来し、ゆるんでいた腰紐はあっという間に解けてしまった。晒《さら》された白い裸体を狼は爛々《らんらん》とした目で見下ろす。

口許から垂れた赤い舌が、味見でもするかのようにルークの体を舐《な》めた。薄く大きな舌は湿っていて温かく、ルークの粟立《あわだ》った肌を濡らしていく。恐ろしくて全身が小刻みに震えるのに、催淫剤で昂った体はその刺激にすら反応してしまう。

「あ、っ……、ん、ぁ……」

ぴくぴくと体を細かく震わせ、ルークは吐息を桃色に染めた。ぬるま湯に浸した布が、皮膚に触れるか触れないかのところを掠《かす》めていくようだと思った。外気に晒されて尖《とが》った乳首や、窪《くぼ》んだ腋《わき》、肉づきの薄い腹を、ぴちゃぴちゃと音を立てながら舐められるのが焦れったくて堪らない。

「ぁ、やめ……舐め、るな……ァ」

恐ろしいのに気持ちよくて、倒錯的な快楽にルークは身を捩《よじ》った。萎えてしかるべき性器は、中心で上向いて透明な蜜を垂らしている。

狼はルークの下肢に狙いを定めて舌を動かし始めた。この巨体からしてみれば、膨らんだルークの雄などごく小さな部位だろう。そんなささやかなものを、狼は繊細な動作で舐め上げていく。

やわらかな舌先でぬめぬめと性器を押しつぶされ、顎を動かしながら全体をねぶられて、ルークは甘い疼《うず》きに腰を揺らめかせた。膝を立てて左右に開き、足に力を込めてわずかに腰を突き出すと、狼はますます口淫を激しくする。

その舌先が陰茎の下、尻のあわいにまで伸びてルークはビクッと身を震わせた。漏れ出した蜜を塗り広げるように動かされ、後孔が愛液で濡れていたことに気づく。

性的興奮を覚えたオメガは孔から蜜がこぼれる仕組みになっている。それは発情しない体質のルークも同じだ。長い付き合いの体なのだからきちんと理解しているのに、女性のようにぐしょぐしょに濡れてしまう自分が恥ずかしくて仕方ない。

思わず顔を背けたルークは、庭園の出入口に兵士たちが控えていることに気づいた。距離はあるものの、狼になにをされているかは丸見えだろう。

羞恥に頬が燃える。ルークは顔の前で両腕を交差させ、必死に己の痴態を隠そうとした。

「見るな……っ、見る、なぁ……っあ、ぁん、……ぅあ……っ！」

恥ずかしい。今すぐ身を隠したい。なけなしの理性がそう訴えるのに、その何十倍もの本能が「なんでもいいから今すぐ射精したい」と叫びルークの自由を奪う。後孔から垂れた愛液や、たらたらと先走りを漏らす雄を舐めてほしくて、淫らに腰をくねらせてしまう。

熊が蜂の巣に鼻先を差し込むように、狼はルークの蜜壺《みつつぼ》に顔を寄せ、漏れ出る体液を丹念に舐め上げた。温かい舌で反り返った雄を押しつぶされ、ルークは性路に熱が駆け上がってくるのを感じた。腹の底で煮凝《にこご》っていた濃密な欲望がとぷっとあふれ出す。

「くうぅ……ッ！　ひ、ぅっ……ぁ、あ、……あぁっ……！」

太股をガクガクと震わせ、ルークは身を引きしぼるようにして絶頂に達した。鈴口から吐き出された白くぬめった体液が腹にこぼれ落ちる。それをすかさず狼が舐め取った。精液だけでなく、全身を濡らす汗までくまなく搦め捕る。

直後、狼の体がぐにゃりと歪んだ。視界を埋め尽くしていた巨軀がみるみるうちに小さくなっていく。荒い呼吸を繰り返していたルークは、目を疑うような光景に瞬きも忘れて見入った。

収縮しながら骨格ごと変形した狼は、その身を成人男性に変えた。数時間前に食堂を訪れたその男は、一糸まとわぬ姿で肌をびっしょりと濡らし、忙しなく胸を上下させながらルークにのしかかっていた。

「……オーウェン……？」

顔の横に手をつき、四つん這いの体勢で自分を囲うオーウェンに、ルークは戸惑いの声をあげた。普段は鉄壁の無表情を貫く顔は、眉間に深い皺を刻み苦しげに歪んでいる。

しかし主のつらそうな様子とは対照的に、控えていた兵士たちは歓喜に沸いた。

「やったぞ！　薬花様の体液が効いたんだ！」

駆け寄ってきた兵士が、すかさずオーウェンの肩に羽織をかける。

森で出会った黒い巨軀を持つ狼。その森でルークを見つけたと語ったオーウェン。戦いに出たあと、再びルークの前に現れた黒い巨軀の狼。

——俺はオーウェン・ブラックウェル。黒狼の祝福を受けたパラビストの獣神だ。

ルークを舌で辱めた狼こそがオーウェンだった。そして獣化した彼に射精して体液を与えることが薬花の務めなのだと、身を以てルークは知る。

（おいおい……冗談じゃねえぞ……）

花嫁修業に耐えながら屋敷にいるだけだなんて、なんと都合のいい解釈をしていたのだろう。身の安全と優雅な生活と引き換えに受け入れたのはあまりに淫靡《いんび》な務めだった。

顎から汗を滴らせ、金色の双眸《そうぼう》を向けてくる雄々しいアルファを、ルークは呆然《ぼうぜん》と見つめていた。

十歳のときに唯一の家族である母を失ったルークは、十四歳でサーゲルを抜けてからというもの、盗みで生活費を得ながら各地を転々として生きてきた。

オメガであり、また後ろ暗い生業であるため、特定の相手と距離を詰め心を通わせることは難しい。両親と手を繋いで嬉《うれ》しそうに笑う子供や、友人たちと楽しげにはしゃぐ子供を見るたび、強気な言動で武装しながらもルークの胸の中には隙間風が吹いた。

そんなとき、ルークは母の記憶に縋《すが》るように耳飾りに触れる。

（いいんだ。俺は自分から一人になることを望んだんだから）

体が弱い母が無事に出産を乗りきれるようにと、父がお守り代わりに贈ったという耳飾りは、母が病気で亡くなる前にルークへ受け継がれた。臍の下にある花紋もまた母と同じだが、それはサーゲルに所属したすべてのオメガに現れるものだった。

『ルークも彼らと一緒に暮らすようになれば、自然と浮かび上がってくるはずよ。そしたらサーゲルの一員として、ルークにもたくさんの家族ができるわ』

アルファの子供を望んだ父の実家は、オメガを産んだ母を許さなかった。屋敷を追い出され、サーゲルに戻ることを決意した母は、かつてそんなふうに語っていた。あのときはまだ、ルークの心にも希望があった。自分たちを受け入れてくれる場所があるのだと。

けれど結局、ルークは家族の一員になれないままサーゲルを抜けた。

「……け、結構高いな……」

窓から下を覗き込んだルークは、屋敷を囲う生け垣が思った以上に小さく見えることに息を飲んだ。寝室として宛がわれたこの部屋が三階にあるのは分かっていたが、脱出経路として考えると途端にその高さに足が竦む。

（落ちたら今度こそ骨を折る……だけで済めばまだいいけど……）

窓の桟をぎゅっとつかみ、ルークは盛大な溜《た》め息をついた。決意が折れそうになる自分を、首を大きく横に振って必死に奮い立たせる。

（いや！　こんなとこ絶対に出ていってやるって決めただろ。いつオーウェンが次の戦いに駆り出されるか分からねえんだ。そうなりゃ俺だってまた薬花の務めとやらをさせられるはず）

先日の衝撃的な出来事を思い出すと、ルークは羞恥と屈辱で悶《もだ》え転げそうになる。

二週間前、ルークは薬花の務めとして、獣化したオーウェンに全身を舐められ人目がある中で射精させられた。後始末をして身なりを整えたあと、一体どういうことかとオーウェンを問い詰めた。

しかしオーウェンは悪びれることなく、

『説明されていなかったのか？』

などと言ってきた。シェリーに怒りをぶつけると、『だって薬花の務めについて具体的に説明したら、あなた絶対に嫌がるでしょ？』と肩を竦めてみせた。

（そうだよ、そのとおりだよ！　獣神に精液を舐めさせるのが務めだなんて、嫌に決まってんだろ。それを平然と『説明されなかったのか？』ってなんなんだよ、説明されたうえで俺がまったく気にせず受け入れたとでも思ってたのか、あいつは！）

ルークの反応を予想して騙《だま》し討ちをしたシェリーのほうがよほど真っ当だ。嫌がられることを想定していないオーウェンがおかしい。

当然ルークは薬花を辞めたいと訴えたが、シェリーは『わたしが判断することはできないわ』と澄ました顔で告げた。二週間前の侵入者についての報告や対策についての話し合いが忙しいらしく、オーウェンとはまともに顔を合わせていなかった。

（薬花を辞めたいと言ってから廊下を従者がやたらとうろつくようになったのは、脱走しないか見張るためなんだろうな）

獣神のためならオメガを幽閉するくらいどうってことないのだろう。どんよりとした顔でうなだれたルークは、しばしの沈黙ののち、「よし」と小さく声に出した。外に人影がないのを確認してから窓の桟に足を載せる。

身が竦む前に動いてしまおうと、体を反転させて外に背中を向け、窓の縁につかまりつつ腰を上げた。一続きになっている外壁の出っ張りに足をかけ、慎重に横移動していく。壁伝いに二つ三つ隣の部屋を目指し、窓から中に入って廊下に出る計画だ。

下を見ないようにしながら、なんとか隣の部屋の窓までたどり着いた。ふー……と細い息を吐いてルークはわずかに緊張を解く。この調子で進んでいこうと、再び外壁の出っ張りに足を載せたときだった。

「一体なにをやっているんだ？」

　下からかけられた声に、ルークはビクッと身を跳ねさせた。その瞬間、怪我をした足に力が入ってしまい、突き刺すような痛みを覚える。

（まずい……ッ！）

　体が宙に投げ出され、寒気にも似た恐怖がうなじを駆ける。だが、落ちたと思った瞬間、すぐ横に狼耳を生やしたオーウェンがいた。

　宙でルークを抱き留めたオーウェンは、屋敷の外壁を蹴って衝撃を殺してから軽やかに地面に降り立った。まるで荷物でも持つかのように小脇に抱えられ、ルークはだらりと手足を下ろす格好になる。

「大丈夫か？」

　なんとも無様な状態で問われ、ルークは陸に打ち上げられた魚のようにぱくぱくと口を開閉させた。一緒にいたらしいテッドが慌てて近寄り、目を見開いたまま必死にかけるべき言葉を探している。

「あ、の……はなよめ様は……それに、じゅうしん様のお耳も……」

「問題ない、怪我はなさそうだ。俺の体も、この程度の獣化であれば薬花の協力なしでも元に戻せる」

動揺に声を震わせながらも懸命に尋ねてくるテッドに、オーウェンは淡々とした調子で返した。テッドは胸の前で小さな手をぎゅっと握り、「は、はい……」と頷く。俯《うつむ》いたまま動かないテッドを、オーウェンが訝《いぶか》しむように眉を寄せた。

「どうした？　先ほど部屋に戻れと告げたはずだが」

テッドがそばを離れない理由をまるで理解せず、威圧感のある物言いをするオーウェンに、こんな状況だというのにルークは呆《あき》れた。

テッドは視線を泳がせ、ぺこりと頭を下げた。立ち去ろうとする小さな背中に、ルークはいまだ心臓をバクバクさせながらも声をかける。

「テッド！　びっくりさせてごめんな！　綺麗《きれい》なちょうちょがいたから手を伸ばしたら、うっかり落っこちちまった。もうしないから、心配しなくて大丈夫だぞ」

「ちょうちょ……」

振り返ったテッドはルークの言い訳にぽかんとして、それからおかしそうに肩を震わせた。青ざめていた顔に血色が戻ってくる。幼い子供に恐ろしい光景を見せてしまったことを申し訳なく思った。

もう一度会釈して立ち去るテッドを眺めていると、すぐそばでオーウェンが口を開く。

「まさか本当に、蝶を捕獲するために窓の外に出ようとしたわけではあるまい」

「んなわけねえだろ。っていうかもういい加減下ろせ」

嫌みたらしい発言にルークは思いきり顔を顰《しか》めた。地面に下ろされると同時にオーウェンの狼耳はみるみるうちに縮まり、頭部に吸い込まれるように消えていった。どうやら獣神の力で脚力を一時的に強化していたらしい。

「なぜあんな場所にいたのか説明してもらおうか」

オーウェンは尊大に腕組みをし、ルークを見下ろしてくる。

「薬花の務めってやつが嫌で脱走しようとしてたんだよ！　あんな屈辱的なことをこの先何ヵ月も続けなきゃならないなんて俺はごめんだね！」

オーウェンの胸に人差し指を突き立て、ルークは薄紫色の双眸で長身の男を睨み上げた。

数秒ののち、オーウェンは呆れたように片方の眉を上げる。

「それが薬花の務めだと言っただろう。薬花の体液には獣神の力を抑える薬効がある。戦いが長時間に及んだり、力を多く使ったりすることで獣の本能が暴走した場合も、薬花の体液を摂取すると獣化が解けるのだ」

「そんなこと俺が知るかってんだよ。他の薬花を探して『上質な暮らしをさせてやるからその体を舐めさせてくれ』と礼儀正しく頼めばいい」

「ひたすら情報を集めてようやく出会えた薬花がルークなんだ。そもそも足の怪我も治っていないのに屋敷を出てどうする？」

「どうにでもするさ。風邪を引いて高熱を出そうが、怪我を負ったまま山で夜を越すことになろうが、今まで一人でなんでも解決してきた。あんたが気にすることじゃない」

「マルサイエの商人に捕まればアルファに売り飛ばされるんだぞ」

「今だってさして変わらないことをさせられてんだろ！」

言い合いの末に怒号を飛ばしたルークに、オーウェンがはっとした様子で口を噤《つぐ》んだ。

二人の声を聞きつけ、剪定《せんてい》をしていた庭師や屋敷の警備に当たっていた兵士が、遠くから様子をうかがっている。

気まずい沈黙が落ちる中、口火を切ったのはオーウェンだった。

「不快な目に遭わせたことは申し訳なく思う。……すまなかった。だが俺が獣神を務めているうちはルークを解放できない。俺の役目は少しでも時間稼ぎをすることだからな」

先日上陸したような敵の足止めをしなくてはならないという意味だろうか。オーウェンの務めは立派かもしれないが、巻き込まれるほうとしては迷惑極まりない。わずかに声色を暗くして謝罪するオーウェンから、ルークはふいっと顔を背ける。

「部屋に戻る」

外壁に手をつき、右足を庇いながら歩くルークに、すかさずオーウェンが寄ってきた。

「送っていこう」

「いい、一人で歩ける」

「また脱走をされても困るという意味だ」

「こんだけ注目を集めてるのに逃げるわけがないだろ！」

気遣いではなくただの監視だと分かり、ルークは羞恥と憤りで声を荒らげた。差し出された手を振り払い、ぎこちない足取りで正面玄関を目指す。

(本当、なんなんだよ、あいつ。他人の気持ちなんかちっとも察しねえし、考えたら分かるだろってことに全然気づかねえし)

顔立ちは恐ろしく整っているが、いかにもアルファといった不遜な言動のせいで、オーウェンには悪い印象しか抱いていなかった。表情もほとんど変わらず、感情の動きが乏しくて人間味を感じない。

(……そういや、テッドもちょっとそんな印象があるな)

まだ幼いのにテッドは口数が少なく、子供らしい感情表現をあまりしなかった。いつも困ったように俯いていて、声をかけると不安そうな様子を見せる。シェリーやオーウェン、侍女たちの前でも似たような態度だ。

オーウェンのことはどうでもいい。理解できる気がしないし、理解したいとも思わない。けれどあの小さな子供が、誰にも心を開けずにいるのだとしたら不憫《ふびん》だと思った。

(俺も一人だったけど、幼い頃は母さんがそばにいてくれた)

足の怪我が治るまではやはり逃げ出すことは難しい。どうせつまらない花嫁修業しかすることがないのだから、せめてここにいる間だけでもテッドが子供らしい姿を見せられるようにできないものか。

「あ、そうだ」

ルークはいまだ後ろから監視しているオーウェンを振り返った。

「助けてくれてありがとな」

手短に感謝の言葉を述べると、黒髪の間から覗く金色の双眸が丸くなる。普段はほとんど表情を変えない男に、そんなふうに驚かれると気恥ずかしくなった。


その日からルークはテッドをよく構うようになった。

今日はシェリーの指導のもとパラビストの歴史について学んでいる。ルークはそばに控えているテッドに手招きして、長椅子に一緒に座るよう告げた。

「テッドはこの話知ってるか?」

手元の分厚い教本を見せると、テッドはこくこくと頷く。

「はい。じゅうじんを倒したごせんぞ様が、さんだいきぞくになったお話です」

もうすっかり暗記しているのだろう。普段は訥々としたしゃべり方のテッドが、随分と滑らかな調子で説明してくれた。

昔々、パラビストには相反する二つの勢力が東西に分かれて暮らしていた。東に住んでいたのは人間、そして西に住んでいたのが獣人だ。

両者は長きにわたり戦いを繰り返していたが、とうとう人間側が白旗を揚げ、三〇〇年前のある夜に和解交渉が行われた。人間側の代表としてブラックウェル家、ガーネット家、ヘイゼル家から使者が送られ、円滑な話し合いの末パラビストの統一が宣言された。……そのはずだった。

和解の品として贈った香で獣人たちの鼻を惑わせた人間たちは、宴会の席で杯に眠り薬を混ぜた。深く寝入った獣人たちを次々に討ち取り、一夜にしてパラビストを人間の支配下に置いたのだという。

生き残った獣人もやがて絶滅した。人間の強さと賢さに舌を巻いた獣人たちにより、のちに三大貴族と呼ばれるようになった三家に与えられたのが「獣人の祝福」……すなわち、定期的に生まれる獣の神子の存在だった。

「……というお話です」

心なしか得意げに語ったテッドに、ルークは大袈裟《おおげさ》なほど感心してみせた。

「テッドはすごいなあ、いっぱい勉強をしたからいろんなことを知ってるんだな」

丸い頭に手を載せてぐりぐり撫でると、テッドはくすぐったそうに頬をゆるめた。褒められるのが照れくさくて仕方ない様子だ。その姿を微笑ましく見守りながら、ルークは内心首を傾げる。

（騙し討ちされたのに、それに感心して祝福を与える……なんてことあるか？）

長い時を経て、出来事が変容して伝わったのかもしれない。

「一歳半でこの屋敷に来てから、テッドは勉強を頑張っているものね。来週六歳になるし、本当に大きくなったわ」

年の離れた弟を見るように、シェリーがテッドに温かな眼差しを向ける。

「一歳半？　ようやく歩き始めるくらいじゃねえか」

「獣の神子はみんなそうなの。離乳すると両親のもとを離れ、この屋敷で育つのよ。四歳になると獣化する訓練や戦い方、読み書き等の勉学を、先輩神子や神官から教わるの」

「シェリーもそうだったのか？」

机に頬杖をつきながら尋ねると、シェリーは困ったように肩を竦めた。

「わたしは泣き虫だったから、三歳まで親から離れられなくて……。やっとここに住まいを移しても、毎日泣いていたせいで、五歳までは時折親が会いに来ていたわ」

オーウェンとテッドに比べ、シェリーが感情の起伏に富んでいるのは、親との交流の有無に関係しているのかもしれない。恥ずべきことのように過去を語るシェリーに、ルークはどんな反応をすればいいか分からなかった。

かつて所属していたサーゲルには、身重のオメガが仲間として加わることもあり、生まれた子供は全員で協力して育てていた。

そのため幼い子供は多数の人間と接するが、どの子も皆、第二次性徴の時期までは親との触れ合いを大切にしていた。五歳まで親の温もりを欲しがったことを、汚点のように思う必要は少しもない。

（でもそれを当たり前として生きてきた人たちに、「普通はこうだ」なんて部外者が言ったところで、気休めにもならないよな）

悶々《もんもん》としながら考えを巡らせていたルークは、「あ」と声を漏らして顔を上げた。


「ええっと、窯はここで、薪もあるだろ。材料も見たし……」

許可を得て調理室にやってきたルークは、調理器具の配置や食材の確認を行っていた。

テッドの誕生日が来週だと聞き、お祝いの計画を練ったのだ。

一通りの確認を終えたルークは、扉のそばに控えている侍女にちらりと目を向けた。シェリーに話すと、思いがけずあっさり協力してくれて、調理室を案内するよう侍女に指示を出したのだ。

『獣神には誕生日を祝う習慣がないの。わたしは両親に祝ってもらった思い出があるけど、テッドにとっては初めての経験になるわ。テッドが喜んでくれたらわたしも嬉しい』

微笑むシェリーの様子から、やはりテッドを可愛がっていることが見て取れ、ルークもまた温かな気持ちになった。それに引き換え……と、ルークは複雑な気持ちで侍女を見つめる。

（テッドが物心つく前から世話を焼いてんだから、屋敷の従者はもっとテッドを可愛がってもいいと思うんだけど。ここの従者ってシェリーやテッドと距離があるんだよな）

命令には従うが、雑談をしたり笑みを見せたりすることはない。淡々とした振る舞いはぜんまい仕掛けの人形のようだ。獣神であるオーウェンに対してならまだしも、神子であるシェリーやテッドとは、もっと心の交流を持ってもいいのではないか。

ルークは後頭部を搔いて浅く息をつき、杖をつきながら調理室を出た。その直後、今まさに調理室に入ろうとしていたオーウェンと鉢合わせする。「げ」と顔を歪めるルークを一瞥《いちべつ》し、オーウェンはすぐ横を通り抜けた。

「なにかご入り用ですか？」

「水を飲みに来ただけだ」

「すぐに準備いたします」

すかさず声をかけた侍女が、「少々お待ちください」とルークに頭を下げ調理室に戻っていった。水が注がれたグラスが調理台に置かれる様子を、ルークは杖に体重を預けたままぼんやり眺める。

しかしオーウェンがグラスを握った瞬間、パキッと音が鳴った。割れたグラスがオーウェンの手から滑り落ち、床にぶつかってさらに砕ける。「きゃあっ！」と侍女の悲鳴があがったのは、オーウェンの手から鮮血が滴ったためだ。切ったらしい。

「て、手当ての道具を持ってまいります！」

侍女が慌ただしく廊下を駆けていく。オーウェンはグラスをつかみ損ねた体勢のまま微動だにしない。ルークはなにが起こったのか分からないまま調理室に足を踏み入れた。

「おい、大丈夫かよ。流水で洗って止血をしたほうがいいんじゃ……」

腕を伸ばせば届く距離まで近づいたところで、オーウェンの様子がおかしいことに気づいた。普段はろくに感情を表さないオーウェンが、金色の目を驚愕《きょうがく》に見開き、呆然と己の手を見つめている。その指先は細かく震えていた。

「そんなにひどく切ったのか？」

オーウェンがいつになく動揺している。ルークは傷を確認するべく、そっとオーウェンに手を伸ばした。

しかし指先が触れるより早く、ひゅっと鋭く息を吸ったオーウェンが大袈裟なほど後退する。

「俺に触るな！」

オーウェンがこんなふうに声を荒らげるのは初めてだった。思いがけない反応に唖然《あぜん》とする。混乱のあとにじわじわと憤りが湧いてきて、ルークは不快感も露わに顔を歪めた。

「なんなんだよ！　俺に心配されることすら迷惑だって言いたいのか⁉」

屋敷に連れてこられてからというもの、オーウェンの横柄な態度に蓄積していた不満が一気に爆発する。気遣いの心すら踏みにじられたと感じ、腹が立って仕方なかった。

ルークの怒声を聞いてオーウェンは我に返ったらしく、震える右手を左手で押さえ、焦った様子でかぶりを振った。

「そんなことは言っていない」

「言ったようなもんだろ！　それともなんだ？　高貴なアルファ様は、下賤《げせん》なオメガに触れられる屈辱には耐えられないってことかよ？」

「違う。ルークに怪我をさせたらまずいと思っただけだ」

「はあ？　ガラスに触ろうとしたんじゃねえんだぞ」

オーウェンの言い分は滅茶苦茶だ。話し合ったところで分かり合える気がしない。

もどかしそうに唇を結ぶオーウェンを睨みつけ、ルークはガツガツと乱暴に杖をつきながら調理室を立ち去った。


誕生日当日、シェリーとともに準備を整えたルークは、テッドを呼びに行った。

調理室の入口に立ったテッドは、調理台のそばにいるシェリーを見てきょとんとした。

髪を一本に束ねたシェリーが身にまとっているのは、くるみ釦が二列に並んだ料理人用の白い制服だったからだ。

「今日はテッドの誕生日だろ？　お祝いするためのお菓子を一緒に作ろうと思ってさ。テッドは果物と胡桃《くるみ》が入ってるお菓子が好きだもんな？」

小さな両肩に手を置いて中に入るよう促すと、テッドは戸惑った様子を見せた。

「でも、おたんじょう日はおいわいをする日じゃなくて、祝福をくださったじゅうじん様にかんしゃする日です」

予想どおりの返答に思わず眉尻が下がる。テッドの隣に屈んだルークは、艶のある茶色の髪に指を差し入れ丸い頭を優しく撫でた。

「俺が暮らしていた国では誕生日を迎えた本人を祝うんだ。だから俺はテッドをお祝いするためにお菓子を作るよ。テッドは獣人に感謝するためのお菓子を作ればいい。そうしたら、俺もテッドも『理想のテッドの誕生日』を過ごせるだろ？」

パラビストの伝統を否定するつもりはない。けれどテッドも、シェリーも、自分が教わってきたことがすべてだとは思わないでほしい。

穏やかな表情で告げるルークに、テッドは大きな目で幾度か瞬いたのち、ぱあっと花が咲くような笑顔を見せた。

「……！　そうします！　ぼく、おりょうりするの初めてです！」

「じゃあ手を洗って、服が汚れないように前掛けをしような」

「はいっ！」

初めての調理が楽しみで仕方ないのだろう。いつもおとなしいテッドには珍しく、昂揚《こうよう》を隠せない様子でぱたぱたと足踏みをしている。その素直な反応に、シェリーも嬉しそうに顔を綻ばせた。

ルークも料理人用の制服に着替えると、三人で焼き菓子を作り始めた。やわらかくした牛酪に溶き卵を少しずつ加えて丁寧に混ぜていく。そこに小麦粉や砂糖、膨らし粉といった粉類を加えて今度は切るように混ぜ合わせる。

ルークはサーゲルにいたときから料理をしていたため大した作業ではないが、生まれて初めて調理器具に触れるシェリーとテッドは、一つ一つの工程をおっかなびっくり行っていた。普段はよそよそしい従者たちも、今日はそわそわした様子で調理室の入口から中をうかがっている。やがて我慢できなくなったらしく二人を手伝い始めた。

「ね、ねえ、粉を入れたらどれくらい混ぜればいいの？　混ぜすぎたら固くなるって聞いたんだけど……」

「左様でございます。粉類と生地を合わせている間に具材を入れてしまいましょう」

「はなよめ様が、かんそうさせたくだものを入れたらおいしいって言ってました！」

「こちらに準備していただいたものですね。テッド様のお好みの果物や胡桃を入れていきましょう。きっとおいしくできあがりますよ」

テッドを中心に調理室に和やかな空気が満ちて、気づけば従者たちまで楽しげな微笑みを浮かべていた。

そんな中、調理室の扉が開く音がして、振り返った従者が息を飲むのが分かった。つられて出入口に視線を向けたルークは思わずギクリとする。そこに立っていたのは、いつもと同じ堅苦しい衣服を身にまとったオーウェンだった。

「これは一体なにごとだ？」

黒髪の間から向けられる鋭い眼光と、静かだが威圧感を与える声に、温かかった空気が途端に凍りつく。すぐ横にいたテッドが、ルークの服を粉だらけの手できゅっと握った。シェリーも青白い顔で硬直し、返事すらできずにいる。

つかつかと近寄ってくるオーウェンに、ルークは鋭い眼差しを向けた。

「テッドの誕生日を祝う焼き菓子を作ってんだよ」

「テッドの……？　獣神や神子は誕生日を祝う風習はない」

オーウェンの力強い双眸が指導係であるシェリーに向く。細い肩がビクッと跳ねるのを見て、ルークはシェリーを庇うように背中に隠した。

「誕生日は獣人からの祝福を感謝する日なんだろ？　知ってるよ。ただ俺が勝手にテッドを祝いたくて、我が儘《まま》を言ってみんなに付き合ってもらっただけ」

ルークはいくらオーウェンに叱責されても構わないが、彼に仕える人々に火の粉が飛ぶのは避けたかった。

「すべてルークの発案ということか」

「ああ、そうだよ」

無表情で問うオーウェンと強気に言い返すルークを、調理室にいる人々が固唾を呑んで見守っていた。オーウェンの目がすっと細くなる。

「そうか。……それでは、ルーク」

獣の神子の伝統を汚した罰でも与えられるのだろうか。強い言葉で罵られるのだろうか。ルークは唇を結んで身構える。

「俺にもなにか手伝わせてくれないか？」

表情を変えないままかけられた言葉を、すぐには理解できなかった。シェリーや従者たちも真顔で硬直する。テッドに至ってはルークの腰にしがみつくばかりで、オーウェンの発言がまったく耳に入っていない様子だ。

「……うん？」

思わず首を捻るルークに、オーウェンはやはり抑揚のない声で「だから」と繰り返す。

「ルークがこの場を仕切っているのだろう？　俺にも手伝わせてほしい。料理は経験がないのでうまくできないが、言われたとおりのことをきちんとやる」

断られると思ったのだろうか。少しばかり早口で告げるオーウェンの表情に、微かな焦りが滲んでいた。ルークの陰に隠れていたテッドがそっと顔を出し彼をうかがい見る。

オーウェンの一連の言動を思い返し、もしかして……とルークは頬を掻いた。

「なにをしてるのかとか、誰が企画したのかとか、単に質問してただけ？　俺たちがいつもと違う誕生日を過ごそうとしてたことを責めてたわけじゃなく？」

「なぜ責める必要がある？　確かに、獣の神子は感謝の祈りを捧《ささ》げながら誕生日を静かに過ごすが、別の過ごし方をしたところで問題があるわけではない。テッドにとっていい一日になるならそれに越したことはないだろう」

淡々と言われ、気が抜けた。みんな肩の力を抜き、安堵の溜め息をつく。

（ただでさえ迫力のある顔が無表情のせいで余計に怖く見えるし、声の調子も全然変わらないから怒られてるみたいに感じるけど、オーウェンにそんなつもりはまったくないんだ）

物心ついた頃から同じ屋敷で暮らしているシェリーですらその事実を見抜けなかったのだから、きっと今までも本人の知らぬ間に誤解されてきたのだろう。優れた容姿と能力に加え、地位と名誉を併せ持つ完璧なアルファなのに、その思いがけない不器用さについ笑みがこぼれてしまう。

くしゃりと顔を崩し、ふふっと肩を竦めて笑うルークを、オーウェンが言葉もなく見つめた。はっとした様子で目を逸らすと、しばし視線をさまよわせたのち、今度は控えめな視線を寄越す。

「それで……、俺もこの場に加わっても問題ないか？」

「ん？　ああ、もちろん。オーウェンが一緒にお菓子作りをしてくれたら、テッドもきっと喜ぶしさ」

ルークは今もなおしがみついたままのテッドをうかがい、小さな背中をそっと押した。一歩前に出てきたテッドは戸惑った様子を見せたが、その表情にオーウェンに対する恐れは感じられなかった。

オーウェンは獣神の威光を示す長い羽織が床につくのも厭《いと》わず、テッドの前に腰を落とし目線を合わせた。

「俺もテッドの誕生日を祝いたいのだが、構わないか？」

責めていたのではないのか、とルークに誤解されたのを気にしているのだろう。テッドへの問いかけはいつもよりずっと慎重で、素直だった。

くりっとした目でまじまじとオーウェンを見ていたテッドが、みるみるうちに頬を紅潮させる。今まで見たどの表情よりもずっと嬉しそうに笑顔を弾けさせ、テッドは「はいっ！」と元気に頷いた。

天気がいいため、焼き上がった菓子は中庭に円卓と椅子を設置して食べることになった。従者たちの熱心な指導もあり、しっかり膨らんだ焼き菓子は干した林檎《りんご》や葡萄《ぶどう》が甘酸っぱくておいしかった。

真面目なテッドはきっちり獣人への祈りを捧げてから食べていたが、ルークやシェリーが祝いの言葉を述べると嬉しそうにはにかんでいた。オーウェンの登場には焦ったが、和やかな雰囲気の中でテッドの誕生日のお祝いを終えられほっとする。

夕食後ルークが部屋でくつろいでいると、扉がノックされた。

侍女が湯浴みの準備が整ったことを知らせに来たのだろう。そう思い、確認もせずに扉を開けたルークは、部屋の前に立っている人物に目を丸くする。

金色の双眸でまっすぐにルークを見下ろしていたのはオーウェンだった。

「ルークを連れていきたい場所がある。夜は冷えるから外套を羽織れ」

「外に行くのか？　もう真っ暗だぞ？」

首を傾げるルークに、オーウェンは「ああ」と頷いたきり説明をしなかった。仕方なく外套を取りに部屋に戻ると、オーウェンもずかずかと足を踏み入れてくる。その無遠慮な行動に、以前なら反射的に噛みついただろう。

「一応教えといてやるけど、他人の部屋に入るときは許可を取るべきだ」

多分悪気はないのだと思って指摘すると、ぴたりと動きを止めたオーウェンはばつが悪そうにちらりとルークを見る。

「……部屋に入ってもいいか？」

「遅えよ」

笑みをこぼしつつ頷くと、オーウェンがわずかに表情をゆるめた。かつてルークが脱走を図った窓を開けると、長い脚を折ってその前に屈み込む。

「窓から出たほうが早い。背中に乗ってくれ」

狼耳だけを生やした半獣状態のオーウェンが人並外れた身体能力を持つことは、以前助けられた際に身を以て知っている。とはいえ、成人した男が他人に背負われるというのはなかなか気恥ずかしいものがあった。

「なんだよ、普通に玄関から出るんじゃ駄目なのか？　俺、自分でちゃんと歩くし」

「少し距離がある。歩いたのでは足に負担がかかるだろう。俺に背負われて廊下を歩き、門番が立つ正面玄関から出発してもいいならそうするが」

「……窓からで頼む」

一応ルークの心情を慮っての提案だったようだ。唇を尖らせてもごもごとこもった声を出しつつ、外套をまとったルークは躊躇《ためら》いがちにオーウェンの両肩に手を乗せた。広い背中に身を預けると、太股の下に腕を回される。

「しっかりつかまっていろ」

そう言うと同時にオーウェンの頭部に狼耳が生えた。足首に触れるやわらかな毛は尻尾だろう。半獣化したオーウェンは、力強く床を蹴って漆黒の夜空に飛び出した。

「うわっ！」

弧を描くように浮き上がった体は、重力に引きずられて落ちていく。肩に手を置くだけではあまりに不安定で、ルークは堪らずオーウェンの首に腕を回した。

屋敷の外に着地したオーウェンは、膝を折って衝撃を吸収すると、その勢いで再び大きく跳ね上がった。四階建ての屋敷よりも遥《はる》かに高く跳躍するオーウェンに、ルークはただただ身を任せることしかできない。

「ルークにも怖いものがあったんだな」

大きな背中にぴたりと胸をくっつけてしがみつくルークに、オーウェンがしみじみとした調子で漏らした。

「こ、こっ、怖いに決まってんだろ！　身一つでこんな高さまで跳ねてんだから！」

「突如として知らない国の知らない屋敷に連れてこられても元気に噛みついてくるから、怖いものなどなにもないのかと思った」

「言っとくけどそれ、あんたがやってんだからな⁉」

恐怖を紛らわすため、ルークはいつも以上に騒がしく喚いた。目の前で狼耳がぴくっと震えたかと思うと、オーウェンがふっと息を漏らした。

（もしかして今、笑った？）

ルークがどんなに生意気な態度を取っても眉一つ動かさなかった男が、他愛ないやりとりで微かな笑い声を漏らした。もし本当にそうなのだとしたら、顔が見えない体勢のせいで貴重な瞬間を見逃したことを口惜しく思った。

ルークを背負ったまま、オーウェンは高く跳び上がっては着地し、また高く跳んでを繰り返した。季節は春から夏に移り変わろうとしているが、確かに夜空の下を風を切って進むのは冷える。外套をはためかせながら、ルークは夜のパラビストを遠目に眺めた。

この王国にやってきて一ヵ月が過ぎようとしているが、ルークが屋敷の外に出たのはこれが初めてだった。薬花としての役目を知ってからは逃げ出したい気持ちが強く、パラビストの文化や伝統を知ろうという気になれなかった。

けれど高く跳ねた際に見える街並みや、それを囲う深い森を見つめていると、どんな人々が日々どんな生活をしているのか興味が湧いてくる。銀色の髪を闇になびかせながら、ルークは夜の散歩を楽しんでいた。

やがてオーウェンは小高い丘で足を止めた。背中から下りたルークは、顔を上げて息を飲む。漆黒の絨毯《じゅうたん》の上に宝石箱をひっくり返したかのように、細やかな星々が二人の頭上できらめいていた。

「すごい星だ……」

口を半開きにしたままぽつりとつぶやくと、隣に並んだオーウェンが深く頷いた。

「この丘はパラビストで星が一番綺麗に見える。ルークになにかしてやれることはないかと考えたら、真っ先にここに連れてくることが頭に浮かんだ」

「俺に？」

今日はテッドの誕生日であり、自分は主役でもなんでもない。不思議に思って隣をうかがい見ると、オーウェンもこちらに顔を向けていたため視線がぶつかった。オーウェンは黒髪から狼耳を覗かせたまま、静かにルークを見つめている。

「ルークが来てからテッドはよく笑うようになった。ルークの花嫁修業を始めてから、シェリーも生き生きした表情を見せるようになった。彼らが物心つく前から同じ屋敷で暮らしていたのに、俺にはなし得なかったことだ」

淡々とした声音はいつもと変わらないのに、気のせいだろうか、その表情がルークにはどこか寂しげに見えた。オーウェンは一度まぶたを伏せ、瑞々《みずみず》しい緑が香る初夏の空気を胸いっぱいに吸い込んだ。

「俺もテッドも、両親との思い出がない。気がつけばあの屋敷で獣の神子として祀《まつ》られ、民を守るための教えを説かれて暮らしていた。それを良いとも悪いとも思ったことはない。そういうふうに生きることが俺たちにとっては当たり前だっただけだ」

ブラックウェル、ガーネット、ヘイゼル。これらの姓を持つ者は三大貴族と呼ばれ、その家系には獣の神子が誕生する。

あなたはブラックウェル家の獣の神子で、いずれこの王国を守る獣神になる――。

そんなふうに、オーウェンは「パラビストの生きた神」「ブラックウェル家の誇り」という言葉をかけられて生きてきたのだ。家族の温もりを一度も得ずに。

「だから、テッドがあんなふうにはしゃぐことを俺は知らなかった。シェリーは感情的だが、自分のことに関しては気持ちを押し殺して生きてきたのだろう。ルークが来てからそれを強く実感した。……獣神である俺に叱られまいと、一挙一動に気を遣っていたことに俺は気づいていなかった」

感情の波が感じられないオーウェンの語りが、今夜はルークの胸をひどく軋《きし》ませた。他人の気持ちを考えられず、ごく常識的なことにも考えが及ばない、傲慢な男だと思っていた。

けれどオーウェンはただ知らなかっただけなのだ。オーウェンがオーウェンだというだけで、無条件に愛してくれる人の存在を。そういう人に対し、少しでも喜んでもらおう、悲しませないようにしようと考えたうえで言動する、そんな心の機微を。

(テッドに対してだって、冷たく当たっているつもりなんてなかったんだろう。ただ、表情や言い方によってはそう思われるってことを、オーウェンは分かっていなかった。……誰もオーウェンに教えてくれなかっただけなんだ)

オーウェンの表面的な言動だけを掬《すく》い取り、逐一突っかかっていた自分をルークは恥じた。もっときちんと話していればよかったと悔やむ。オーウェンを責め、仲間外れにするような行動は、少なからず彼を傷つけただろう。

罪悪感から俯くルークに、オーウェンが戸惑った反応を見せる。

「やはり星空では謝罪にならないか？」

「……謝罪？」

「ああ。俺はルークを屋敷に閉じ込め、薬花として望まない行為をさせ、そのうえ俺に萎縮していたテッドやシェリーを守るという俺の尻拭いまでさせた。様々な負担を強いていることを謝らなくてはならない」

腰の後ろから覗く尻尾が力なく垂れ、狼耳が伏せられる。表情の変化は乏しいのに、狼の部位のほうがよほど雄弁だ。そのせいか、わずかに翳《かげ》った目許がやけに悲しげに見えて、ルークは思わず苦笑してしまう。

反射的に伸びた手はオーウェンの頭に触れていた。両手で抱えるようにして黒髪に指を差し入れ、くしゃくしゃと撫でる。

他人に無遠慮に触れられることなど、恐らく経験していないのだろう。オーウェンは呆気に取られた様子でルークに目を向けた。分かりやすく動揺する姿が珍しくて、ルークは肩を揺らして笑う。

「そういうときは謝るんじゃなくて、ただ『ありがとう』って言やいいんだよ」

手のひらに触れる髪は思いがけずやわらかい。そんな新たな発見の一つ一つが、オーウェンに対し頑なにこわばっていたルークの心を解いていく。六歳も年上の、自分よりずっと恵まれているはずのアルファに、ルークは妙な庇護欲を抱き始めていた。

頭を抱えられたまま、オーウェンは夜空で輝く星のような美しい瞳にルークだけを映していた。その姿を焼きつけるかのようにゆっくりと瞬きをしたオーウェンは、うっかりすると見逃してしまいそうなほど微かに口許をゆるめ、「ありがとう」と言った。


箱形四輪馬車の座席に腰かけたルークは、窓の外に広がる光景を物珍しげに眺めていた。

薄い灰色の外壁の王城は途方もなく大きく、馬車の窓からではとてもじゃないが全容を把握できない。とはいえルークの目に映る広大な庭園や、正面玄関に至るまでの長い階段、うんと目を上向けた先でようやく確認できる数えきれないほどの縦長窓から、十分にその規模を察することができた。

窓に貼りつくようにして外を見ていたルークは、見知った男が階段を下りてくるのに気づき慌てて体を引っ込めた。座席の奥に座り直し、さっと反対側に顔を向ける。

けれど、歴代の獣神に引き継がれる馬車の主——オーウェンの話し声が聞こえると、その様子を横目でちらりと確認した。

「パラビストにとってこの上ない条件でのお取引に、心より感謝申し上げます」

低く落ち着いた声音で語るのはオーウェンだ。そのそばには身なりのいい男が二人立っていて、朗らかな笑顔を浮かべ頷いている。

「獣神様がお守りになる神秘的な王国で新たな商いができますことを、心より光栄に思います」

向かいに立っているのは派手な上着をまとった恰幅《かっぷく》のいい男で、顔の前で手を合わせ愛想よく返していた。商人なのだろう。オーウェンの隣にいるのはパラビストの大臣といったところか。

（戦いに駆り出されるだけじゃなく、宮廷貴族としても働いてるのか。忙しいはずだ）

オーウェンが屋敷に帰ってくるのは不定期で、食事をともにすることも滅多にない。以前は「冷たい奴だ」と思っていたが、一度彼に対する見方が変わると、「大変だな」と心配する気持ちが湧いてくるから不思議だ。

（まあ……でも、今日は忙しい中でも時間を作ってくれたわけだし……）

町へ行ってみたい、とオーウェンに伝えたのは数日前のことだった。オーウェンに背負われて夜のパラビストを散策した日を境に、この王国に興味が湧き始めた。パラビストの文化を自分の目で見てみたいと思ったのだ。

とはいえ多忙な彼に案内させるつもりはなく、従者が付き添ってくれたらそれでよかったのだが、思いがけずオーウェン自ら、

「公務の日程を調整し、ルークと出かける時間を作ろう」

と提案してきた。屋敷に閉じ込めているルークを、オーウェンなりに気遣ったのだろう。そう思うと悪い気はせず、素直に彼の厚意に甘えることにした。

（とはいえ、まさかこんな格好までさせられるとはな）

今日のルークは外出用の衣服に身を包んでいた。上品な絹の上衣を着て、レースで華やかさを足した装飾用の布で首元を彩り、繊細な刺繍を施した紫色の上着を羽織っている。直線的な作りの下衣はしっかりとした生地で、茶色の革靴も上質な履き心地だ。

今日は王城で公務に勤しむオーウェンを馬車で迎えに行き、二人で城下町を散策する予定になっていた。そのことをシェリーに伝えると、「それならとびきり華やかにしないと！」と意気揚々とルークを着飾り始めたのだ。

普段と同じなのは大振りの耳飾りくらいで、ルークは安心感を求めて何度もそれに触れた。やがて馬車の扉が開き、オーウェンが乗り込んでくる。

「待たせたな」

「あ……えっと、お疲れさま。仕事はもういいのか？」

「ああ。午後は自由の身だから、ゆっくり町を……おや？」

正面の座席に腰かけたオーウェンが、一息ついてルークに顔を向けた途端、驚いた様子で目を瞬かせた。いつもと服装が違うことにようやく気がついたらしい。まじまじと観察されるのが気恥ずかしくて、ルークは目を逸らしてしまう。

「シェリーが妙に張りきっちまって。こんな豪華な服、俺には似合わないってのに」

衣装に着られてしまっている自覚はあり、ルークは首の後ろに手を当てて苦笑した。

「そんなことはない。よく似合っている。紫の上着はルークの瞳の色に合わせたんだな。濃い色が肌の白さを引き立てて、とても綺麗だ」

照れる素振りもなく真顔で褒められ、どぎまぎしてしまう。容姿を褒められるのには慣れているつもりだったが、オーウェンの言葉はあまりに直球で、適当に流すことができなかった。

「……あんた、そうやって真正面から褒めてくるような奴だったか……？」

思わず目許を赤く染めて視線を泳がせるルークに、オーウェンがふっと息を漏らした。

（また笑った）

照れくささよりオーウェンの微笑みを確認したい気持ちが勝り、ルークは目だけを動かして彼の様子をうかがった。

「どうやら俺は、自分で考えている何倍もはっきり言葉にしないと、誤解を与えてしまうようだからな。思ったことはできるだけ丁寧に伝えようと決めたんだ。そういうルークも意外だな？　もっと自信満々に、褒められて当然という顔をするかと思っていた」

ルークの反応がよほど思いがけなかったのだろう。脚の間で手を組んだオーウェンは、微かに口角を上げて目許をゆるめていた。注意を払っていないと見逃してしまいそうな、些細《ささい》な表情の変化。それが不思議とルークの胸をくすぐる。

(くそっ。なんで、最近になってようやく人付き合いの心得を知りましたって程度の社交性しかない奴に、俺はこんなに動揺させられてんだ)

初対面の印象が悪かっただけに、一度好感を抱くと、なにげない優しさや一生懸命な姿勢がやたらと輝いて見えてしまう。ルークはガシガシと後頭部を掻き、胸の奥に生まれたむずがゆい感覚を必死に誤魔化した。

城下町の入口まで移動したところで馬車が止まり、オーウェンが先に降りた。「足の怪我に障るといけない」とルークに手を差し出す。

(別にもうそんな……平気と言えば平気なんだけど)

まだ少し違和感はあるが歩くのがつらいほどではない。かといって、オーウェンの厚意を無下にするのも気が引ける。

おとなしくオーウェンの手を借りて馬車を降りると、そのまま流れるように腰を抱かれた。御者に帰りの時刻を告げるオーウェンの横で、ルークは目を白黒させる。

「え?　ちょっ、もしかしてこうやって町を歩くつもりかよ」

「俺に身を預けて歩けば少しは楽だろう?」

「もうそんなに痛くもないし、気にしなくていいって。それより、オーウェンはこの国の有名人なんじゃねえの?　堂々と男の腰を抱いて歩くのはまずいだろ」

カムハダンでは、人前で男に身を寄せている男は、大概アルファに飼われているオメガだった。豪商であればただの火遊びとして片づけられるが、爵位持ちの貴族ともなれば醜聞として広まってしまう。

オーウェンが誤解されるとルークは焦るが、当の本人はあっけらかんとしていた。

「まずいことなどなにもない。むしろ好都合だ。国民も皆ルークに会いたがっている」

「俺に？」

ルークはきょとんとする。ルークの存在は従者たち以外には知られていないのだと思っていた。

オーウェンはルークの襟元に指を差し込むと、うなじを確認して「見えていないな」とつぶやいた。それからルークの腰を抱いて歩き始める。

パラビストの城下町には水路が張り巡らされていて、荷物を積んだ小舟がすいすいと進んでいた。道に敷き詰められた石畳は明るい色味の三色で構成され、建物の外壁も鮮やかな色が採用されている。

大きな宿屋の隣にこぢんまりとした道具屋や鍛冶屋が並び、規模の異なる建物をぎゅっとまとめたような町なのに、不思議とちぐはぐな印象にならず絶妙な調和を保っていた。

大通りに出ると道の端に数多くの露店が並び、様々な商品を売っていた。美しい鉱石を使った装飾品に、たっぷりと蜜がかかった香ばしい焼き菓子、色とりどりの果物。客引きをする商人の声と、人々の活気が青空の下に満ちている。

しかしそれらを興味深く観察できていたのは、ものの三十秒ほどだった。オーウェンと、その隣に並ぶルークに気づいた途端、人々は一様に色めき立った。

「獣神様がいらしているわ！　隣にいらっしゃるのは花嫁である薬花様ね」

「なんてお美しさだ……希少な性であるオメガはやはり神秘的な容姿をされている」

「花嫁様が輝いているために、獣神様がより一層神々しく見えるわ……」

「獣神様にお目にかかれただけでも幸運なのに、花嫁様と仲睦まじく歩かれているお姿まで見られるなんて、今日はなんと素晴らしい日なんだ」

通行人は慌てて左右に退けて道をあけ、二人の姿を見てうっとりとした表情を浮かべる。いまだかつてないほど注目を浴びている現状に、ルークは白い肌を真っ赤に染めて俯くしかなかった。

「お……、俺、オーウェンの花嫁として国中に知られてるのかよ……っ⁉」

すぐ横にいる男の上着にしがみつき、声を潜めて尋ねると、オーウェンは当然とばかりに頷いた。

「ルークを連れてきた足で薬花と出会えたことを国王陛下に報告し、陛下から王国全土に吉報として知らされた。獣神にとって薬花は花嫁と同義だ」

「俺が薬花としての役目を拒んでたらどうするつもりだったんだよっ」

というか、現状拒んでいる。

「そうだな、俺の配慮が足りなかった」

音量が上がらないよう必死に抑えつつ抗議するルークに、オーウェンはわずかに眉尻を下げた。彼なりに申し訳ないと思っているらしい。

どんな会話をしているのか知る由もない婦人方が、身を寄せ合って内緒話をするルークたちに「あらあら」「まあまあ」と微笑み合っている。なにをやっても仲睦まじい夫婦として見られるのが恥ずかしくて仕方なかった。

でも……と、彼らにかけられた言葉をルークは振り返る。

「俺がオメガだって分かってるのに、卑下したりしないんだな……」

獣神の花嫁をあからさまに見下すことはできないから、本心を隠しているのかとも思った。しかしどんなに上辺を取り繕ったところで、好奇と侮蔑の思いは視線に滲むものだ。特にルークはそういった空気に敏感だった。

だが今ルークに向けられている目は、純粋な賞賛と憧憬だけだ。

「パラビストでは第二の性による差別が存在しない。オメガはむしろ希少な性として尊ばれている」

ルークのつぶやきにオーウェンがすかさず答えを寄越した。考えてみれば、オーウェンはパラビストを守る獣神として薬花であるルークを屋敷に閉じ込めたが、オメガという第二の性を蔑んだことは一度もない。

シェリーだってそうだ。ルークを獣神の花嫁にふさわしい人物にしようと躍起になっているが、アルファだから自分のほうが上……なんて態度は取らなかった。

(海を挟んだ向こうにこんな国があるなんてちっとも知らなかった)

獣の神子として、テッドが周囲の大人に甘えられずにいると知った際、ルークは彼に「自分が教わったことだけがすべてではない」と伝えようとした。それなのにルーク自身、カムハダンでの価値観が基準になっていた。

「息巻いてあれこれ勝手に動いてたくせに、恥ずかしいな……」

ぽつりと漏らしたルークに、オーウェンが「なにか言ったか?」と不思議そうに尋ねてくる。ルークはふっと表情をゆるめると、腰に添えられていた手を取り、ぐいぐいと引っ張って歩き出した。

「こっちの話! それより、せっかく来たんだから名物を教えろよ。町を見て回るっていうより、俺のほうが見られてんだろ」

「め、名物?」

「そう。うまい食べ物とか珍しい建物とか、面白いものを見せてくれる大道芸人とか」

そうねだるものの、オーウェンが町で買い食いをしたりぶらぶら散策したりする姿は想像がつかない。案の定オーウェンは困ったように眉尻を下げた。

「いや……そういうのは詳しくない」

「やっぱりか。もー、仕方ねえなあ」

オーウェンの手を握ったまま、ルークはきょろきょろと周囲を見回した。年若い女性たちを見つけると、「すみませーん」と声をかける。うっとり眺めていた獣神の花嫁に話しかけられ、女性たちは驚いた様子で目を白黒させた。

「な、なんでしょうか……？」

「この町の名物とか、おいしいから絶対食べたほうがいい！　ってものとかないですか？　あ、オーウェンって好き嫌いあるか？」

「いや……、特にないが」

「俺もなんでも食べられるから、甘いものでも辛いものでも、おすすめを教えてくれたら助かるんだけど」

「えっと、それなら……」

気さくに話しかけるルークに、女性たちは戸惑いつつも親切に説明してくれた。礼を言ってオーウェンとともにすすめられた店に向かう。その様子を、声をかけられた女性たちだけでなく、周囲の人々も呆気に取られた様子で眺めていた。

シェリーに見られたら「花嫁としての気品がない」と怒り出しそうな言動だが、オーウェンにわざわざ時間を割いてもらって一緒に町に来たのだから、楽しみたかった。自分だけでなく、彼もまたそうであればいいと思う。

紹介してもらったのは、炙《あぶ》った鶏肉に甘辛いタレを絡め、甘酸っぱい果物とともに串に刺した食べ物だった。広場の手前にある露店で購入すると、ルークは周囲の視線に躊躇することなくがぶりと噛みつく。

皮目はパリッと焼き上がっているが、肉はやわらかく、噛みついた部分から滴る脂が堪らない。酸味のある果物のおかげで胸焼けせずに食べられる。

「ん～っ、最高だな！　屋敷の上品な料理ももちろんうまいけど、こういう罪悪感のある味って無性に恋しくなるよなあ」

嬉々《きき》として鶏串を頬張るルークを、オーウェンは言葉もなく見つめていた。艶のある鶏肉に視線を落としてから控えめに口をつける。

もぐもぐと咀嚼《そしやく》して飲み込むと、オーウェンは驚いたように眉を上げた。

「本当だ。うまいな」

端的な感想に、なぜかルークまで嬉しくなってしまい頬がゆるんだ。感情表現がうまくできなくなるくらい、獣神としての務めに明け暮れていたオーウェンが、少しずつ新たな経験をしている。その事実が妙にルークの胸を弾ませた。

「だろ？　飯がうまい町はいいな。気に入った」

いひひ、と子供のような笑みを浮かべ、ルークは機嫌よく鶏串にかぶりついた。その様子をオーウェンもまた穏やかな空気をまとって見つめている。相変わらず通行人の視線を集めてはいるが、これがオーウェンの日常なのだと慣れることにした。

（オーウェンと出かけるたびにこうやって注目されんだろうし、いちいち緊張してたら身が持たねえしな）

そんなことを考えていたルークは、一拍ののち動きを止めた。この先何度もオーウェンと出かけるつもりでいた自分に戸惑う。

ルークを薬花として屋敷に留めておく期限を、オーウェンは長くて半年ほどだと言った。約束を違える男ではないので、用が済めば本当に解放してくれるのだろう。そもそも足の怪我はもうほとんど治っていて、今だって逃げ出せないわけではない。

（だらだらとあの屋敷にいれば、また薬花として体液を差し出さなきゃならない場面だって出てくるだろうし）

だから早くオーウェンのもとを、この国を去らねばと思うのに、以前ほど脱走への気概がなくなっている。

（なにやってんだ俺は……）

自分に呆れつつ鶏串を食べきると、オーウェンがまじまじとこちらを見ていることに気がついた。

ふいに伸びてきた手が頬に触れる。そのまま親指の腹で下唇をなぞられ、不覚にも心臓

が跳ねた。

「口許が汚れていたぞ。まるで小さな子供のようだな」

そう言ってオーウェンは彫りの深い目許を綻ばせた。ふっと息を漏らしたかと思うと、形のいい唇で弧を描く。注視しないと気づかないような微かな表情の変化ではない。ルークの前で、オーウェンははっきりと笑ったのだ。

ボッと頬が燃えるように熱を持ち、ルークは顔が紅潮するのを自覚した。それと同時にルークたちを見守っていた人々が「おおっ」とざわめいたためにすぐに我に返った。手の甲で乱雑に口許を拭うと、慌ててオーウェンから身を離す。

「あ……んたには言われたくねえっつの！」

「……？　俺も口許を汚していたか？」

「そんなんじゃねえけど！　ねえ、けど……っだああもう！」

人付き合い初心者のくせに俺を焦らせるなんて生意気だ、とルークは内心地団駄を踏んだ。動転したせいでやたらと体温が上がってしまう。

「まだまだ食い足りないし、もっと色々店を見てみるかな！」と宣言し、手のひらで顔を扇いでいると、そばにいた人々がおずおずと近寄ってきた。

「あ、あの、獣神様と花嫁様さえよろしければ、おいしい店にご案内しますが……」

「町の見所をご紹介します。獣神様がこうしてゆっくり散策されることもなかなかないですし……」

躊躇いがちに声をかけてきたのは一人や二人ではなかった。数名の民が期待と緊張を滲ませながら一生懸命提案してくる。オーウェンと顔を見合わせたルークは、沈黙ののちに口角を上げ、「よろしくお願いします！」と元気に答えた。


ルークとオーウェンは民に案内されるまま城下町を歩き回った。料理を堪能し、甘い焼き菓子で一息つき、吟遊詩人の歌に耳を傾け、歴史ある時計塔を見に行った。

日が傾く頃にはルークもくたくたで、オーウェンが肩を抱いて人混みから引き剝がし、「少し休んでから帰ろう」と町の外れに設置された長椅子に座らせてくれた。

西に連なる山々が見渡せるその場所は、かつて家が建っていたのだろう。崩れた外壁の一部と、土台部分だけがわずかに残っている。華やかな城下町と比べるとどこか寂しさを感じさせる場所だ。

「はー……、疲れた。丸二ヵ月も屋敷の中だけで生活してたから、すっかり体力が落ちちまったな」

長椅子の座面に手を置き、ルークは溜め息とともに天を見上げた。橙色に染まった空には薄い雲がまばらに浮かんでいる。

夕飯の食材を買いに行く人、仕事を終えて家路に就く人、酒場に一杯引っかけに行く人といった夕刻の賑《にぎ》わいが遠くから聞こえてきて、それが妙に心地いい。

「皆次々にルークに声をかけ、町を案内したがるから大変だっただろう」

そばに立つオーウェンに労られ、ルークは「獣神って大変だな」と肩を竦めた。案内を買って出た人々の他にも多くの人がルークたちの後ろをついてきたので、大移動のようになってしまった。

しかしルークの発言に、オーウェンがゆるやかに首を横に振る。

「俺一人であればただ視線を浴びるくらいのものだ。あんなふうに話しかけられたり、行く先々までついてこられたりするのは初めてだった」

「そうなんだ？」

「ああ。ルークが気さくで親しみやすいから、皆声をかける気になったのだ」

言われてみれば確かに、ルークから民に話しかけるまでは誰もが気後れしている様子だった。それは初めて目にするルークに……というより、オーウェンに。

生きた神であるオーウェンはあくまで信仰の対象で、気軽に声をかけていい相手ではないのだろう。オーウェンの厳めしい雰囲気もそれを助長していたに違いない。蓋を開けてみれば決して気難しい男ではなく、他人への気配りの仕方を知らなかっただけなのだが。

「ルークはすごいな」

夏の気配を孕《はら》んだ、湿った風に黒髪を揺らしながらオーウェンは言う。

「駆け引きや損得勘定をせず、誰にでも素直な気持ちで接している。だからこそ多くの人がルークに惹きつけられるのだろう。ルークの周りはいつも明るく、和やかで、温かな空気が流れているように感じる」

思ったことはできるだけ丁寧に伝えようと決めたと話していたように、オーウェンには照れも躊躇いも感じられなかった。まっすぐな褒め言葉にやはりルークはどぎまぎしてしまい、目尻を赤く染める。

けれどこそばゆいような喜びと同時に、過剰な評価に気持ちが沈む自分もいた。浮かない顔をしていたのだろう、オーウェンが「ルーク？」と戸惑った様子で名前を呼ぶ。

「……オーウェンが言うような人間に見えているんだとしたら、それはオーウェンが俺みたいな半端なオメガを受け入れてくれたからだよ」

つい本音が漏れたのは、オーウェンが自分の問題を真摯に受け止め、改善しようと努力する姿を目の当たりにしたからだ。不器用だが周囲の人間に対し誠実であろうとする彼を見ていたら、自分を棚に上げてえらそうな態度を取ることなどできなかった。

ルークはしばし沈黙したのち、自分の身の上を静かに語り始めた。

かつてサーゲルに所属していた母は、買い出しの際に一人で街を歩いていたところを運悪くオメガ狩りに遭った。貴族の子息である父は母を愛してくれたというが、父の両親は、幼いルークがオメガだと判明すると母とともに屋敷を追い出した。

母はサーゲルに戻ることに決めた。六年ぶりの再会に、サーゲルのオメガたちは喜び、心から歓迎してくれた。経緯を聞くと『つらかっただろう』『なんてひどいアルファだ』と口々に同情した。

サーゲルのオメガの態度が変わったのは、ルークたちが加わって半年が過ぎた頃だった。妊娠をしていないのにもかかわらず、母は一向に発情期が来なかったのだ。出産を機に発情期はすでに五年以上訪れておらず、理由も分からなかった。

それに気づいたときの、オメガたちの冷めた顔が忘れられない。母が発情に苦しめられることがないと分かると、急によそよそしい態度を取るようになった。

サーゲルのオメガは、自分たちのことを「この世で最も不幸」だと考えていた。理不尽な境遇に対する怒りを原動力に、互いの傷を舐め合うように団結を強めていた。発情という「不幸」を抱えていないオメガなど仲間とはいえない。

『発情しないならベータと同じだ。不幸なオメガたちに擦り寄らないで、町で自由に生きればいいのに』

オメガたちは声を潜めもせずにそんな悪口を言っていた。母だってきっと、自分一人であればそうしただろう。

なにを言われても嫌な顔をせず、仲間外れにされながらもサーゲルを抜けなかったのはひとえにルークのためだ。オメガであるルークが発情を迎えた際に、彼らに守ってもらえるようサーゲルに属し続けたのだ。

「元々体が弱かった母さんは、俺が十歳のときに風邪をこじらせて亡くなった。それから二年が過ぎて、大抵のオメガが初めての発情を迎える年になっても、俺は結局発情しなかった」

母を亡くした直後はルークを憐《あわ》れんだオメガたちも、ルークが母同様発情しないと知ると手のひらを返したように冷たくなった。ルークだって母につらく当たった人々に執着する気はさらさらない。

十四歳になってすぐにルークはサーゲルを抜けた。発情がないならいっそのことベータとして生きようかとも思ったが、性的興奮を覚えると後孔が濡れるオメガの体質のせいで、第二の性を偽って恋愛をすることはできなかった。おまけに微かにではあるがオメガ特有の香りを放っているらしく、鼻のいいアルファにはばれてしまう。

どこかに勤めようにも、一箇所に留まっていれば人身売買の魔の手が迫る。ルークは生きていくために盗みを覚えた。標的にするのは決まって、弱者から搾取して懐を潤す悪徳商人だ。

「でも……たとえどんなに悪い奴からでも、盗みなんてしてたら母さんが悲しむのは分かってた。それなのに俺は境遇を言い訳にして楽なほうに逃げたんだ。……これじゃあ不幸にあぐらを掻いて、母さんをのけ者にしたサーゲルの連中と変わらない」

自己嫌悪の念が腹の底で渦を巻き、ルークは苦々しく顔を歪めた。オーウェンが褒めてくれたような、人を惹きつける人間だとは言いがたい。オーウェンがどんな表情で自分を見ているのかを知るのが怖くて、ルークは太股に手を置き深くうなだれた。

固い指先が頭の横に触れたと思ったら、そのまま銀色の髪に差し入れられた。壊れものを扱うような繊細な動きで撫でられる。

「……こういうときに、励ましの言葉が出てこない自分を不甲斐《ふがい》なく思う」

オーウェンの声には己に対する落胆が滲んでいて、自分の発言が彼をこんなふうにさせたのだと思うと、場違いにも胸の奥がそわそわした。ルークの困惑など知る由もないオーウェンは、優しい手つきで髪を梳《す》きながら続ける。

「なぜサーゲルを抜けたのか不思議に思っていたが……、ルークはずっと、心から安らげる居場所を探し求めてさまよっていたんだな」

労るような声音は静かで、けれど温かく、ルークの胸にじわりと染みて小さな痛みを与えた。その痛みによって、心にずっと傷を負っていたことをルークは初めて自覚した。

(そうか……俺、つらかったんだ。オメガとしてもベータとしても生きられない中途半端な体のせいで、誰にも受け入れてもらえないことが)

オメガたちと苦しみを分かち合うこともできないのに、ままならない体はオメガとしての性を完全には捨ててくれない。どこにも居場所がない事実を受け止める勇気がなくて、自ら孤独を選んだ。定住先を決めず、誰にも本心を打ち明けずに生きていくことを、己の意思で選択したのだと自分自身に言い聞かせた。

けれど本当は、誰かに受け入れてほしかった。オメガともベータともつかない中途半端な体を持つ自分でも、無条件に愛してほしかった。かつて母がそうしてくれたように。

（オーウェンだけだ。発情しないオメガだと知りながら、俺を見下すことも厄介者扱いもしないで、一人の人間として向き合おうとしてくれたのは）

獣神は薬花と番になることで己の力を使いこなせるようになると言っていた。発情せず番になれないルークなど丁重に扱う必要はない。

それなのにオーウェンはルークの言葉に真摯に耳を傾け、自分を変えようと努めている。その誠実さに触れたら、彼の前で自分に嘘をつくことなどできなかった。

「安全な場所を捨ててまで自分の気持ちを優先した俺を、馬鹿だと思うか……？」

躊躇いがちに問う声は、自分で想像していた以上に弱々しかった。ルークの正面に移動したオーウェンが、地面に片膝をついた。重たい黒髪の間から覗く金色の双眸は、夜空に浮かぶ星のようにきらめいてルークだけを映し出す。

「そんなふうに思うはずがない。身の安全を保てたとしても、心を殺して生きていてはいずれ魂が擦り切れてしまう」

ルークの両手を取ると、オーウェンは指だけを掬い取るように握りしめた。少しかさついた大きな手は温かく、ルークのこわばっていた心をそっと解いていく。

「俺はこの王国で、生きた神と呼ばれる存在だ」

ルークから目を逸らすことなくオーウェンは告げる。

「ルークが悔いるならどんな罪も許そう。孤独に震えているなら寄り添って温めよう。俺の前ではもうどんなことにも苦しまなくていい」

力強い言葉がまっすぐルークに届いて、不覚にも胸が震えた。上辺だけを取り繕える器用な男ではないと、誰よりもルークがよく分かっている。だからこそオーウェンが本心から言っているのだと伝わって、うっかりまぶたの裏が熱を持つ。

「ははっ、……うん。頼りにしてる」

軽い調子で返そうとしたのにうまくいかず、ルークは手に絡みつく節くれ立った指を親指の腹でそっと撫で、自らも手を握り返した。思いがけず縋るような仕草になって、本当に神に祈っているようだと思った。

ルークの表情が幾分か明るくなったのを確認し、オーウェンはおもむろに腰を上げた。

「飲み物でも買ってこよう」と言って手を解き、ルークの頭を軽く撫でてから長椅子を離れる。待っていろということらしい。

（一度は逃げ出そうとした薬花なのに、今は躊躇なくそばを離れるんだな）

ルークがまた脱走するかもしれない……なんて不安は抱いていないということか。それがなんだかルークは気恥ずかしかった。疑われるより信頼されるほうが落ち着かないものなのだと、この国に来て初めて知った。

崩れた外壁の陰から、数人の子供がひょっこり顔を覗かせたのはそのときだった。十歳前後の男女五人が、躊躇いがちにルークに近づいてくる。

きょとんとするルークの前まで来ると、女の子の一人が後ろ手に隠していた花束をルークに差し出した。野の花を摘み、麻紐をちょうちょ結びにして束ねたものだ。

「こ、これ、花嫁様にあげます！」

女の子は緊張した面持ちで告げた。後ろで友人たちもこくこく頷いている。

「ありがとう。けど俺に？　オーウェンにじゃなくて？」

「はいっ！　だって花嫁様は、獣神様の番なのでしょう？」

女の子の斜め後ろにいる男の子に尋ねられ、ルークはギクリとした。思わずうなじに触れるが、そこは首の詰まった上衣とレースの飾り布で隠されている。

馬車から降りた際、オーウェンがその場所を確認していたことを思い出した。番の証である噛み跡がないことが分からないように、という配慮だったのだろう。

「う、ん……まあ、そのうち……？」

しどろもどろになりつつルークは曖昧な返事をした。子供たちは両手を上げて歓声をあげた。

「これで獣神様はずっと元気でいられるんだね！」

「今の獣神様はとっても強いって父さんと母さんが言ってたもんな」

「黒狼の獣神様がパラビストの神様であるうちは、ずーっと平和が続くはずだよってみんな話してるよね」

ぴょんぴょんと跳ねて喜ぶ子供たちの無邪気さを可愛らしく思う。けれどそれと同時に、ルークは奇妙な胸騒ぎも覚えていた。

（俺と番になればオーウェンがずっと元気でいられるって、一体どういう意味だ……？）

歴代の獣神は大半が薬花と出会えないまま、その役目を終えたと聞く。そもそもなぜ獣神は交代制なのだろう。十五歳前後で就任し十年間で任期を終えたとしたら、引退するのは二十五歳くらいのはずだ。まだまだ問題なく戦える年齢だろう。

（戦いで命を落とすと次の獣神に交代するのか？　いや、だとしたら約十年で交替っていうのはおかしいだろ）

オーウェンが十六年も獣神を務めているのを考えると、十年で強制的に交代させられるわけではないらしい。深まる謎に、ルークは顎に指を添えて首を捻る。

「それじゃあ失礼します！」

明るい声で別れの挨拶をした子供たちは、ルークに目を向けたままくるりと身を翻した。その声にはっとして顔を上げたルークは、彼らのすぐ後ろに身なりのいい男が歩いていることに気づき口を開く。

「あぶな……っ」

「きゃっ！」

一番後ろに立っていた女の子が、制止する間もなく男にぶつかってしまった。華奢な女の子は恰幅のいい男に跳ね返され、勢いよく地面に尻もちをついた。

ルークは長椅子に花束を置いて慌てて腰を上げる。

「ご、ごめんなさ……」

「おい！　どこ見てやがるんだ！」

すぐさま謝ろうとした女の子に対し、男がこめかみに青筋を立てて怒号を飛ばした。その剣幕に子供たちが一斉に立ち竦む。青ざめる女の子に駆け寄ったルークは、立ち上がらせて自分の後ろに隠すと、彼女に代わって深々と頭を下げた。

「大変失礼しました」

「小国のガキは小汚くて困る。私の服が汚れたらどうするつもりだ？　布を取り寄せて仕立てた、この国ではとても手に入らないような上等な代物なんだぞ」

鼻息荒く捲し立てる男に見覚えがあった。城下町を訪れる前、王城から出てきた他国の商人だ。この先にある港に向かうつもりなのだろう。パラビストの要人であるオーウェンには媚《こ》びへつらっていたが、こちらが本性らしい。

本来ならば胸ぐらをつかみ、口汚く罵ってやるところだ。だがパラビストにとって条件のいい取引をするとオーウェンに約束していただけに、彼の怒りを買うことが憚《はばか》られる。

（一人で生きていたときは、喧嘩を売ることに躊躇なんてしなかったのに）

自分を受け入れ、誠実に接してくれるオーウェンに迷惑をかけたくなかった。唇を噛みしめ、「申し訳ございません」と再び頭を下げるルークに、商人はニヤリと口許を歪めた。

「番がどうの、と言っていたな。お前はオメガか」

子供たちとのやりとりを部分的に聞いていたようだ。ルークを一瞥した商人は、片方の眉を上げてフンッと鼻を鳴らした。

「アルファに媚びを売ることしか能がない浅ましい性のくせに、生意気な格好をしやがって。その服も男を惑わせて買わせたのだろう。こんな卑しい性を尊ぶなんて、獣が支配する国はやはり知性というものがないな」

商人が最後に告げた言葉に、腹の底で煮えていた怒りが唐突に沸騰し、頭の中を真っ白に染めた。自分のことであればどれほど悪し様に言われても耐えられる。けれどオーウェンを侮辱されるのは我慢がならなかった。

ルークは咄嗟《とっさ》に手を伸ばすが、届くより先に商人の体が後退した。気づけば商人の背後にオーウェンが立っていて、左手に飲み物を入れた木製の器を持ち、右手で商人の襟を鷲《わし》づかみにしていた。

「俺の花嫁を侮辱したのはお前か？」

地を抉《えぐ》るような低い声が辺りに響く。声は冷え冷えとしているのに、商人を見下ろす金色の目は燃え盛る炎を宿していた。獣の本能を隠しもしない獰猛《どうもう》な眼差しに、商人が「ひっ」と息を飲んだ。

オーウェンの頭部には狼耳が、腰元には尻尾が垂れていた。わざわざ半獣と化して飲み物を運んできたわけではないだろう。

（自分で抑えられないくらいオーウェンは怒ってるんだ……）

己の意思とは関係なく獣の部位が飛び出るのは、感情を制御できていない証のはずだ。彼がこうやって堪えきれない激情を抱くなど想像もしていなかった。ましてやその理由が、ルークを侮辱されたからだなんて。

「じ、獣神様……！　こ、これは……その……」

「第二の性がオメガというだけの理由で、俺の花嫁を罵ったのか、と聞いている」

「獣神様の花嫁であられると知っていれば、あのような口は決して利きませんでした！」

震え声で助けを乞う商人に、オーウェンは目を細めて「そうか」と短く答えた。突然手を離され、商人がみっともなく地面にひっくり返る。

「相手の立場がなんであれ、この国で第二の性による差別は認められていない。そんなことも理解できない男に我が物顔で出入りされては、我が国の品位に関わる。もう二度とパ

くした。

尻もちをついたまま呆然とオーウェンを見上げていた商人は、みるみるうちに顔色を青くした。

「それでは、この国の鉱石を融通していただけるお話は……！」

「お前との取引はすべて白紙に戻す。国王陛下へそう報告しておく。何度も言わせるんじゃない。さっさと俺の前から消えろ、二度と姿を見せるな」

オーウェンの言葉にはルークも緊張するほどの気迫が満ちていた。淡々とした物言いのオーウェンに「怒っているのか」と勘違いしたこともあったが、あれは紛うことなき誤解だったと断言できる。本気で頭に血を上らせたオーウェンはすごみが違う。

馬鹿にしていた小国の要人に切り捨てられ、よほど悔しかったのだろう。商人は今度は顔を真っ赤に染めて眉間に皺を刻むと、地面に手をつき勢いよく身を起こした。立ち上がった瞬間にわざとらしくオーウェンの左肩にぶつかる。

その弾みで木製の器が宙を舞い、甘い香りのする飲み物が地面に撒《ま》き散らされた。

「恐ろしい獣の化け物め！　誰が好き好んでこんな薄気味悪い獣の国に出入りするか！」

捨て台詞を吐いた商人は、鼻息荒く立ち去った。硬直していた子供たちがワッとルークのもとへ駆け寄って、小さな手で懸命にしがみついてくる。

「こ……怖かったぁ！」

「花嫁様、ひどいことを言われて可哀相……」

「獣神様が持ってきてくれた飲み物も全部こぼれちゃいました」

しょんぼりと肩を落とす子供たちに、ルークは「大丈夫だよ」と笑みを見せた。オーウェンもまた力強く頷いて問題ない旨を伝えてくる。狼耳と尻尾はいつの間にか見えなくなっていた。

「地面を片づけるのを手伝ってもらってもいいか？」

子供たちは「桶《おけ》に水を入れて持ってくる！」と駆けていった。小さな背中が遠退くと、途端に静けさが戻ってくる。

「大丈夫か？　ルーク」

気遣わしげな声をかけられ、ルークはおもむろにオーウェンに顔を向けた。つい数時間前まで友好的な雰囲気だった商人から暴言を吐かれたというのに、彼に動揺する様子は見られなかった。抑えているというより、まったく気に留めていない様子だ。

他人から悪意を向けられた経験が初めてであれば、いくらオーウェンといえどもこんなふうに平静を保っていられるはずがない。カムハダンで数えられないほど蔑まれてきたルークは、それを痛いほど分かっていた。

「よくあるのか……？　ああやってひどい台詞を吐かれることが」

「他国へ一歩踏み入ればあんな反応はざらだ。自分とは異なるものを排除したがるのが人間の性《さが》なのだろう」

平然と告げるオーウェンに胸が軋み、ルークは堪らず眉尻を下げた。心を殺す息苦しさをオーウェンが理解してくれたのは、彼も少なからず心を殺さなければならない場面に接していたからだと、今になって悟る。

パラビストの獣神として国民のために命を賭して戦っているのに、場所が変われば途端に化け物呼ばわりされる。他人とは違う己の体に、オーウェンもまた戸惑わずに生きてきたわけではないのだろう。

「オーウェン……、ごめん。俺、せっかくの取引を台無しにしちゃって」

太股の横に下ろした大きな手に触れると、ルークはおずおずとそれを握った。

あの商人を腹立たしく思うが、自分を庇ったせいでパラビストにとって有益な取引を白紙にしてしまった。視線を落とすルークの頬を、オーウェンが空いている手でそっと包む。

「ルークはなにも悪くない。そもそも第二の性を理由に他人を侮辱するような人間と、対等な取引などできるはずがないんだ。むしろ大がかりな売買が始まる前にあの商人の本質が見抜けてよかった」

長い指で頬に触れたまま、オーウェンは親指の腹でルークの皮膚をそろりとなぞった。

その繊細な動きがくすぐったくて落ち着かないのに、同時にひどく安心もする。

（逃げ出さなきゃって、そう思ってたはずなのに）

頬を包んでいた手が後頭部へ滑り、そのまま頭を引き寄せられる。ルークはされるがままオーウェンの肩に額を寄せた。いつもよりオーウェンの体温が近い。ほのかに甘く香るのはアルファ特有の匂いだろうか。

「それに……こういうときは謝るよりも『ありがとう』と言ったほうがいいと、ルークが俺に教えてくれたんだろう？」

耳に触れる声までどこか甘く感じるのは、アルファ性とオメガ性が互いを求め合う性質だからだろうか。顔が見えないことに密かに安堵して、ルークはぎゅっと目をつむった。

オーウェンと繋いでいる手とは反対の手で、彼に縋るように上着を摘む。

他人から疎まれることにすっかり慣れたつもりでいた。オメガという不遇の性に生まれたくせに、その役目すらまともに果たせないのだから。

そうやって見ない振りをしてきた心の傷に、オーウェンだけが気づいてくれた。

「助けてくれてありがとう、オーウェン」

微かに声を震わせながら告げるルークに、オーウェンは繋いだ手を握り直し「どういたしまして」と温かな声で答えた。桶に水を入れて運んできた子供たちがはしゃいだ声をあげるまで、ルークはオーウェンと身を寄せ合っていた。

夏らしい快晴が気持ちよく広がっている。それを享受できたらいいのだが、乗馬初心者のルークは、葦毛《あしげ》の馬の上でガチガチに硬直していた。

「体の力を抜いて。そんなに怖がっていたら馬だって動きづらいでしょ」

艶のある青鹿毛《あおかげ》の馬に跨がるシェリーは、張りのある上着にすっきりとした二股の下衣、丈の長い革靴という乗馬服をまとっていた。その前にちょこんと座るテッドですら緊張する素振りを見せていない。

屋敷の裏には小さな厩舎《きゆうしや》があり、五頭の馬が飼育されていた。そのうちの二頭を運動場に連れてきて乗馬の練習を開始したのだが、十分ほど前に生まれて初めて馬と触れ合ったルークに、緊張せず身を委ねろというほうが難しいのだ。

(高い場所が苦手ってわけじゃねえけど……。オーウェンに背負われて夜の町を跳び回ったときも、最初は緊張したけどそのうち楽しめるようになってきたし)

オーウェンと星を見た夜のことをぼんやりと頭に浮かべ、ルークは数秒ののちはっとした。今は乗馬に集中しなくてはならないのに、どうしてこの場にいないオーウェンのことを考えていたのだろう。

うろたえるルークを見てよほど緊張していると思ったのか、「仕方ないわね」とシェリーが肩を竦めた。馬から下りると控えていた従者に手綱を任せ、ルークのもとに寄ってくる。

「わたしが馬を引いて歩くから、まずは高さと揺れに慣れるところから始めましょ」

ルークから手綱を受け取ったシェリーは、馬の顔のすぐ横に立った。手綱を短く持ち、馬を引いて歩き出す。そのとき、厩舎がある方向からオーウェンがやってきた。

「順調か？」

斜め前に立ったオーウェンは、馬の鼻先を撫でながらルークに穏やかな眼差しを寄越した。ルークが答えるより先に、シェリーが眉尻を下げ「それが」と口を開く。

「もう全然。ルークってば馬の上で氷みたいに固まっちゃうんですよ。テッドはあんなに嬉しそうに馬に跨がってるのに」

「ぼく、お馬さんすきです。かしこくてかわいいです！」

呆れ顔のシェリーに対し、テッドは丸い頰を紅潮させてぱっと明るい笑みを見せた。二人の反応が微笑ましいようで、オーウェンは「そうか」と口許を綻ばせる。だいぶ慣れたつもりでいるのに、不意打ちの笑みを目にするたびルークの鼓動は妙に速くなってしまう。

最近のオーウェンは以前と比べて随分表情がやわらかくなった。それを感じ取っているのはルークだけではないらしく、シェリーやテッドも出会った当初よりもずっと自然な笑顔を見せるようになった。

「ルークの引き馬なら俺がやろう」

そう言うと、オーウェンはシェリーに代わって手綱を持ち直した。

「いいのか？　今日は夜まで仕事って言ってただろ？」

「ああ。だから時間を見つけてルークの顔を見に来た」

「お、俺の顔って……。余裕ができたならちょっとでも休憩すればいいのに」

「こうやって外の空気を吸いながらルークと話しているだけで疲れが取れる」

駆け引きをしないオーウェンの言葉はあまりに直球だ。思わず頬に熱が上り、ルークは慌てて口許に手を当て赤らんだ顔を隠す。

（変わったよな、オーウェン。あくまで名目上のはずなのに、最近は本当に俺を自分の花嫁みたいに扱ってる気がする）

一ヵ月前、二人で城下町に行った日にルークが己の弱い一面を晒したからだろうか、オーウェンはルークをなにかと気にかけ労るようになった。

同情されていると感じればその優しさを突っぱねたくなっただろうが、オーウェンの言動は憐れみからくるものとは違う気がした。広い懐でルークを受け止め、過去の傷ごと抱きしめるような、慈しみに近い気持ちを彼の視線から感じる。

それがルークは慣れなくて、くすぐったくて、やたらと照れたり焦ったりしてしまう。

どこを見ればいいのか分からず目を泳がせていると、青鹿毛の馬に乗り直したシェリーがニヤニヤと表情をゆるめているのに気づいた。ルークは「ほら、さっさと行くぞ！」と可愛げなくオーウェンを急かし、シェリーの意味深な視線から逃げた。

オーウェンと他愛のない会話をしながらゆったり馬に揺られ、運動場まで戻ってくると、馬から下りたシェリーが神官らしき男と話していた。

「獣神様。かの国に動きがあった模様です」

神官が固い表情で告げてきた。オーウェンはルークに手を貸して馬から下りるのを助けると、「すぐ向かう」と短く答える。それからルークに向き直り、申し訳なさそうに眉尻を下げ苦い笑みを見せた。

「予定が変わった。これから俺は戦いに出る。ルークにも薬花として助けてもらうことになるだろう」

大きな手のひらがルークの頬に触れ、労るようにそっと撫でた。「薬花の務め」を果たすときが再びやってくるのだと思うと羞恥が込み上げる。だからといって以前のように、こっそり脱走を企てる気にはなれなかった。

本当は優しいのに強気に振る舞うシェリーや、内向的だが素直で愛らしいテッドは、ルークにとって妹や弟のような存在になりつつある。ルークが薬花としての役割を拒んで逃げ出したと知れば彼らは悲しむだろう。

それになにより、オーウェンを困らせたくなかった。

（薬花の体液がないと、獣の力が暴走することもあるって言ってたよな）

以前、彼がグラスを持とうとした拍子に割ってしまったことがあった。もしかしたら獣の力とやらが暴走した結果なのかもしれない。

(獣化していないのに影響が出てきてるということは、俺が考えてる以上に、力の制御が難しくなってるってことか……?)

「獣神様。わたしも戦いに連れていってください」

口を開いたシェリーの横顔は切迫していた。

オーウェンは一瞬だけ戸惑いを見せたが、すっと熱が引くように精悍《せいかん》な顔からすぐに感情が消える。

「戦いに赴くのは獣神の座を継いでからだ」

「今まではそうしてきたってだけで、禁じられているわけではないでしょう?」

「シェリーまで戦う必要はないと言っている。俺一人で十分だ」

「わたしはもう十七です。歴代の神子と比べても獣神の就任が遅いくらいです」

「年齢で区切りをつけているわけではないと分かっているだろう。俺はまだ戦える。だから他の者の助けは必要としない。それだけの話だ」

シェリーの顔が悔しさに歪み、渦巻く激情を表すかのように虎耳と尻尾が生える。二人とも語気が強いせいで、意見の主張というより口論をしている印象だ。不穏な空気を察し、ルークの後ろに隠れていたテッドがぎゅっと太股にしがみついてくる。

太股の横で拳を握りしめたシェリーは、オーウェンに一歩近寄り鬼気迫る顔で告げた。

「わたしが獣化して戦えば、獣神様が獣化する時間を減らせるかもしれないでしょう⁉　最近ではわたしも訓練の中で一定時間獣化するようにしているんです。獣神様ほどではないですが、もうだいぶ大きな姿に……」

「余計なことをするなと言っているんだ！」

眉間に深い皺を刻み、オーウェンが怒号を飛ばした。ルークも思わず息を飲む。ルークを侮辱した商人に見せたのは凍てつくような冷ややかな怒りだったが、今シェリーに向けられているのは燃えるような憤りだ。

オーウェンは外套を翻して背中を向けると、「いつもどおり待機していろ」とだけ告げ、去っていった。

和やかさから一変した空気にしばし呆然としていたルークだが、オーウェンの後ろ姿が小さくなったところで我に返る。シェリーのそばにいるようテッドに告げると、慌ててオーウェンを追いかけた。

（一体どうしちまったんだよ。あんな言い方をしたらシェリーを傷つけるって、今のオーウェンならちゃんと分かるはずだろ）

迷いを振り切るように進むオーウェンの足取りは力強かった。懸命に腕を振って走り、屋敷のそばまでやってきたところでようやく彼に追いつく。

「オーウェン！」

振り返ったオーウェンの表情がひどく物憂げに見えて、ルークは喉元まで出かかっていた文句を呑み込んだ。少なくとも、己の言葉の鋭さに気づいていない人間の顔ではない。

「屋敷に戻る際には報せが届くはずだ。それまではシェリーのそばにいてやってくれないか?」

力なく微笑んだオーウェンは、ルークの頭にぽんと手を置いた。幼い子供を宥《なだ》めるような仕草だと思った。

「ああでも言わないとシェリーがついてきてしまう。傷ついているはずだから、労ってやってほしい。ルークには俺の尻拭いばかりさせて申し訳ないが」

長い腕でオーウェンの顔が隠れてしまい、彼の表情が確認できない。そのせいでどんな言葉をかけるのが正解なのかも分からなかった。

離れていくオーウェンを立ち尽くしたまま見つめていたルークは、彼の姿が建物の陰に消えると、深呼吸をしてから踵《きびす》を返した。二頭の馬は従者によって厩舎に戻され、運動場にはシェリーとテッドだけが残っている。

シェリーは地面にしゃがみ込み、背中を丸めて嗚咽《おえつ》を漏らしていた。シェリーがこれほどまで心を乱した姿を目にするのは初めてだ。

テッドはそのすぐそばでおろおろするばかりだった。シェリーの横に腰を落としたルークは、震える背中にそっと手のひらを当てる。

「……大丈夫か?」

けれど弾かれたように顔を上げたシェリーは、濡れた目に鋭い眼光を宿してルークを睨みつけてきた。

「ルークがこの屋敷に来てもう三ヵ月が経ったわよね? あなたの発情はいつになったらやってくるの?」

「え……」

思いがけない剣幕で尋ねられ、肩をつかまれる。

「どうしてあなたはまだ獣神様の番になっていないのよ! あんなに親しげにしてるくせに、なぜ薬花としての役目を果たそうとしないの!? 番になる気がないなら他の薬花を連れてきてよ!」

至近距離で責められ、シェリーの声がビリビリと肌を刺した。オーウェンと番になっていないことで、なぜここまでシェリーが憤るのかルークには分からなかった。

薬花と番になれば獣神としての力をより使いこなせるのは知っている。だが過去の獣神の多くが、薬花と番わなくてもその役割をまっとうしていたはずだ。

もしかして、獣神について、自分はまだ知らないことがあるのではないか。

「獣神って一体なんなんだ? 獣になる力を持って生まれることは、獣人たちから与えられた祝福なんじゃねえのか?」

城下町を歩いた際、パラビストの国民にとって獣神は畏怖と憧憬の対象なのだと、彼らの言動から察した。神秘の力を持ち、誰からも崇め讃えられる生きた神。

それなのになぜシェリーは、オーウェンが獣化する時間を減らそうとするのだろう。

ルークの問いに、シェリーは苦しげに奥歯を嚙みしめた。手に力が入り、肩に食い込む指にルークは顔を歪める。やがてだらりと手を下ろしたシェリーは、地面に両腕をつき、涙の雫を落としながら声を荒らげた。

「そうよ！　わたしたちに与えられているのは祝福なの！　獣神として国を守れることはこの上ない栄誉で、わたしたちはこの力に感謝しなくてはならないのよ！」

やり場のない怒りと悲しみを吐き出すようにシェリーは泣きじゃくった。表情と言葉があまりに食い違っている。

ルークはシェリーが落ち着きを取り戻すまで、テッドとともに彼女をただ見守っていた。


オーウェンがもうすぐ屋敷に到着すると連絡が入ったのは、すっかり日が暮れた頃だった。薬花としての務めのため、日中に湯浴みを済ませていたルークは、予想よりずっと遅くなった帰宅に戸惑いを隠せなかった。

（戦いが長引いたってことか？　怪我をしてなきゃいいけど……）

森の中で獣化したオーウェンと出会った際、彼の足元には血が滴っていた。きっとあれも戦いの中で負った怪我だったのだろう。ただその姿を見たのが、パラビスト内ではなくカムハダンだったのが気がかりだが。

（……どうしてオーウェンはカムハダンで血を流さなきゃならなかったんだ？）

小難しい政治の話には明るくないが、カムハダンとパラビストは敵対関係にあるわけではないことくらいは知っている。友好的と評せるほど親密な関係ではないものの、カムハダンがパラビストに侵略戦争を仕掛けているといった話は耳にしたことがなかった。圧倒的な軍事力で領地を拡大してきたカムハダンにしては珍しいくらいだ。

釈然としないままルークは前開きの寝間着に着替え、室内庭園に移動した。前回のように騙されて催淫剤を飲まされることはなかったが、「必要であれば」と従者から小瓶に入ったものを渡された。

（催淫剤で乱れた姿を晒すくらいなら、自慰でもしたほうがまだいいか？　でもなあ……、獣化してるときもオーウェンの意識はあるわけだろ。人間に戻ったあとの気まずさを考えたら、一体どっちがましなんだろ）

ルークは噴水の縁に腰かけて悶々としながらオーウェンを待った。ガラス張りの屋根の向こうには夜空が広がっているが、夕方にかけて曇ってきたせいか星は見えない。

やがて慌ただしい足音が聞こえ、金属製の肩当てや胸当てといった装備に身を包んだ兵士が庭園に駆け込んできた。

「獣神様が到着されました！　薬花様におかれましてはくれぐれもご注意のうえお務めを願います！」

緊迫した表情で告げる兵士にルークは困惑した。前回はそんな警告などされなかった。巨大な狼の姿にはなっていたものの、牙や爪でルークを傷つけることはなく、人間としての理性がきちんと働いているのだと感じられた。

胸がざわめく。間もなくして騒々しい気配が近づいてきた。大きな獣の唸《うな》り声と、その爪が土を掻く音。時折建物が衝撃を受けるのは、獣が身をぶつけているからだろう。兵士たちの叫びが耳に届き、入口に向かって懸命に誘導しているのがうかがえる。

ようやく姿を見せた巨軀の狼にルークは唖然とした。複数の分銅鎖を首に巻きつけられた黒狼は、口の端から唾液を垂らし、目の焦点が合っていない。酩酊《めいてい》しているかのように体はよろめき、足元が覚束なかった。

「オーウェン……？」

前回とは明らかに様相が異なる。オーウェンは惑乱した様子で咆吼すると、拘束を解こうと大きく頭を振った。四方で分銅鎖を握っていた兵士の一人が、その勢いに負けて地面に投げ飛ばされる。

少し離れた場所にいた兵士が、すかさず鞭《むち》を振るった。しなやかな革の鞭は狼の胴体に当たり、バチンッと大きな音を立てる。「ギャンッ！」とオーウェンが悲鳴をあげ、その痛々しい響きにルークは駆け出した。

「おい！　やめろよ！」

パラビストの神であるオーウェンが、なぜこのような仕打ちを受けるのか分からない。とにかく彼の自我を取り戻さなくては。

「どうしたんだよ、オーウェン！　一体なんでこんなことに……っ」

鞭で打たれたところに腕を伸ばそうとした瞬間、鋭利な牙を覗かせたオーウェンが口を開けて襲いかかってきた。兵士が間に飛び込みルークを抱えて地面に転がったため、牙が皮膚に食い込むことはなかった。

「今の獣神様は本能のままに生きる獣と同じです！　獣人の祝福を受けた者は薬花様の体液に強く執着します。不用意に近づけば血を求めて手足を嚙み千切られますよ！」

「そんな……」

獲物を求めて暴れるオーウェンに兵士が何度も鞭を打つ。そのたびに狼の悲痛な鳴き声があがった。

赤い血がぼたぼたと地面に滴った。オーウェンがよろめいているのは、その強大な力を抑え込む薬を打たれたためだろう。その気になればこの場の兵士を瞬時に殺すことができるはずだ。

つい数時間前まで和やかにおしゃべりをしていたオーウェンが、ルークの顔を見れば疲れも取れると言って微笑んだ彼が、血肉を求める獣と化してルークに襲いかかろうとしている。悪夢のような光景にルークは言葉を失った。

（薬花の体液なら、今のオーウェンでも元に戻せるのか？）

固く握っていた小瓶に目を向けたルークは、栓を抜くと催淫剤を一気にあおった。

「俺の体液が欲しいんだろ？　好きなだけくれてやるから意識を取り戻せよ！」

己を奮い立たせるように拳を握り、ルークは力強く告げた。金色の目がルークに向けられ、拘束されたまま強引に近づいてくる。

オーウェンを向いたまま、ルークは少しずつ後退して庭園の中央に誘導した。兵士たちは鎖にしがみつき、オーウェンがルークに牙を立てないよう懸命に留めている。じりじりと互いの距離が近づく中、催淫剤が効いてきたらしく、ルークの体が徐々に火照り始めた。

ぞくぞくとした感覚がうなじを上り、下肢に熱が集まっていく。オメガの本能により、子種を求める後孔が雄を受け入れるべく潤むのを感じた。

その淫らな匂いを嗅ぎつけてか、オーウェンの鼻先がルークの下腹部に向けられた。嚙みつかれるのでは……という恐怖で脚がガクガク震えたが、オーウェンは口を閉ざしたままルークの下肢に鼻先を擦りつけるだけだった。

薄い寝間着の上から、濡れた鼻先を中心にぐりぐりと押しつけられる。その刺激に、ルークは「んっ……」と悩ましい声を漏らした。

「オーウェンと二人にしてくれ」

肌にうっすらと汗を浮かべながら、ルークは兵士たちに告げた。

「しかし……！」

「この距離で噛みついてこないんだから、大丈夫だ。……多分」

正直に言えば怖い。けれど衆人監視の中で射精するのはもうごめんだった。なにより、これ以上オーウェンが痛めつけられる姿を見たくなかった。

「……外で待機しています。薬花様の悲鳴が聞こえたらすぐに飛び込みますので」

兵士たちは悩んだ末に渋々了承してくれた。どちらにしろ、彼らにできることはない。狼の顔は、ルークが目いっぱい腕を伸ばしなんとか口の端に手が届く大きさだ。一噛みで骨が砕け、丸呑みにされるだろう。ルークが悲鳴をあげたときには助からないだろうと、心の底では誰もが覚悟している。

兵士が鎖を放すと、それはオーウェンの首に巻きついたままだらりと垂れる。様子が把握できるよう扉を開けたまま兵士たちが退出し、オーウェンとルークだけが残された。

拘束を解かれてもオーウェンは下肢を弄るばかりで、牙や爪でルークを傷つけるような真似はしなかった。太股の間に鼻先を差し入れ、下から押し上げるように性器を擦る。寝間着の合わせ目が乱れ、露わになった太股に狼のやわらかな体毛が触れた。

「んっ、ん……、はあ……っ」

堪らず腰を捩ったルークは、甘い息を漏らして狼の顔にしなだれかかった。腰紐を解いて前を開くと、体を隠していた薄い寝間着を肩から滑らせ地面に放り投げる。

一糸まとわぬ姿でオーウェンの顔に抱きつくと、その体温や密集した毛を全身で感じることができた。外気に晒されて尖った乳首に毛先がちくちくと刺さる。その焦れったい刺激にすら興奮した。

「あ、ぁう……オーウェ……ッ」

切なく眉を寄せたルークは、艶めかしく腰を揺らし狼の顔全体に体を擦りつけた。敏感になった皮膚が与えられる刺激をすべて快楽に変えていく。腹の下で性器が圧迫されるのが堪らず、恥ずかしい姿を晒していると自覚しつつ腰をカクカクと動かしてしまう。

鈴口から漏れた先走りや、全身を湿らせる汗が体毛を濡らす。ルークは脚に力が入らず、オーウェンの鼻先を滑るようにくずおれた。

地べたに座り込み、陶然とした表情を浮かべるルークを、オーウェンは爛々と光る金色の目で見つめた。温かく湿った舌で臍から胸までを舐め上げる。

「あぅん……っ」

求めていた快感にルークは喉を反らして喘《あえ》いだ。オーウェンが舐めやすいように自ら仰向けに転がり、膝を立てる。腰を突き出すと内股に手を当てて脚を割り開き、勃起した中心を見せつける。

「ここ、舐めて……気持ちよくしてくれよ、オーウェン」

指を伸ばして尻たぶまで左右に開き、奥に潜む蕾《つぼみ》を見せつける。腹の奥から分泌された愛液が後孔を濡らし、地面に滴った。蕾のすぐ下に円形の染みができる。

発情したわけでもないのに、男を迎えたがる浅ましい体に燃えるほどの羞恥を覚えた。けれど卑猥《ひわい》な言動でオーウェンを誘っているのだと思うと、ますます昂ってあちこちから蜜が漏れる。

その甘い香りに誘われるように、オーウェンは濡れそぼった場所を舐め始めた。やわらかな舌が絶妙な力加減で性器を押しつぶしたかと思うと、次の瞬間には蜜壺に舌先を捻じ込み、体内のごく浅い場所に出し入れさせて味わう。

目も眩《くら》むような快感に、兵士たちに聞かれていることも忘れてルークは悦がった。

「あぁっ！　いいっ、きもちいい……っ！　はあ……っあ、んうぅ」

薄い下生えの下でルークの雄は反り返り、絶えず透明な蜜を漏らした。茎を伝う体液をオーウェンは入念に舐めた。新たな雫が浮かんだ鈴口を舌先でちろちろとくすぐる。

火照った体に浮かぶ汗も、ひくつく蕾から溢《あふ》れる蜜も同じようにねぶられ、ルークは全身を苛む性感に背中をしならせて嬌声《きょうせい》をあげた。

（まるでオーウェンの餌になったみたいだ）

牙も爪も使わないまま、この狼はルークという獲物を捕らえ、濡れた舌で味わっているのだ。そう思うと倒錯的な快楽が湧き上がり、ルークの後孔はぐしょぐしょに濡れる。

前回はわけも分からず辱められ、快感に乱れるのと同じくらい混乱した。今回は体液を与えるのが目的だと分かっているから、催淫剤のせいにして思う存分愉悦に溺れることができる。

「はあ……っ、も、無理……出したい」

白い胸を上下させ、ルークは息を乱し我慢できずに雄に指を絡めた。すでに痛いほど張り詰めたそこは、少し扱くだけであっという間に絶頂に近づいていく。体液が性路を駆け上がってくる間にも、張り出た部分をオーウェンの舌がねぶるのが堪らない。

「あっ、ぁ、出る、出る……出る、から……舐めてっ、オーウェン……あぁぁッ！」

手を激しく動かしたルークは、はしたなく腰を突き出して精を放った。びゅるっと勢いよく飛び出した白濁が腹の上に垂れる。待っていたとばかりにオーウェンの舌がそれを舐め取った。

力を失った幹や、丸い先端部分、残滓《ざんし》が滲む鈴口。そういった部位の一つ一つを確認するように舌が這い回る。萎えた性器を刺激されるくすぐったさに、ルークはぐったりと四肢を投げ出したまま身を捩った。

「ほら……、もうなにも出ないって」

苦笑を漏らしつつオーウェンの顔を押しやろうとするが、狼の巨軀はびくともしない。

POSTCARD

STAMP HERE

101-8405

東京都千代田区
神田三崎町2-18-11

二見書房
シャレード文庫愛読者 係

通販ご希望の方は、書籍リストをお送りしますのでお手数をおかけしてしまい恐縮ではございますが、**03-3515-2311までお電話くださいませ。**

＜ご住所＞ □□□-□□□□

＜お名前＞ 様

＜メールアドレス＞

＊誤送を防止するためアパート・マンション名は詳しくご記入ください。
＊これより下は発送の際には使用しません。

TEL	職業／学年
年齢　　代	お買い上げ書店

Charade 愛読者アンケート

この本を何でお知りになりましたか？

1. 店頭　2. WEB（　　　　　）　3. その他（　　　　　　　　　　）

この本をお買い上げになった理由を教えてください（複数回答可）。

1. 作家が好きだから（小説家・イラストレーター・漫画家）

2. カバーが気に入ったから　3. 内容紹介を見て

4. その他（　　　　　　　　　　　　　　　　　　　　）

読みたいジャンルやカップリングはありますか？

最近読んで面白かったBL作品と作家名、その理由を教えてください（他社作品可）。

お読みいただいたご感想、またはご意見、ご要望をお聞かせください。

作品タイトル：

それどころか一層の執着を見せ、ルークの性器に執拗に舌を絡めた。

弄ぶように根元からねっとりと舐め上げられると、快楽の波よりも尿意に近い感覚がせり上がってきてルークを焦らせる。

「駄目だって言ってるだろ……っ、ちょっ……ぅんっ、ぁ……」

ルークは腰の位置をずらすが、すかさず顔の横に置かれた前脚がそれを咎《とが》めた。動くな、ということだろうか。戸惑うルークの中心をなおもオーウェンは舐め続ける。甘美な味わいの菓子に魅了されたかのように。

いよいよ下肢の事情が切迫してきて、ルークは前脚を覆う黒い毛をぎゅっと握り、大きくかぶりを振った。

「も……本当にやめろ、よ……！　も、漏れちゃう、から……ぁっ」

情けなく眉尻を下げ、ルークは薄紫色の虹彩を潤ませて訴えた。オーウェンは大きな目でルークをうかがったものの、一向に解放する様子を見せない。それどころか追い上げるように舌の動きを激しくする。

「あっ、あ、漏れ……もれる、もれちゃう……っひ、……ひぅ……ッ！」

膝を合わせてなんとか堪えようとしたが駄目だった。ルークは全身を細かく震わせながら、ぷしゅっと音を立てて粘度の低い体液を吐き出した。

あまりの羞恥に頬が燃え、視界が滲む。液体は透明でほのかに磯《いそ》の匂いがした。

（潮を噴くってこういうことか……？）

男でも達したあとの性器を弄り続ければ潮を噴くのだと、過去に酒場で下世話な猥談をしていた輩がいた。初めての経験に混乱するルークをよそに、オーウェンは噴いたばかりの体液を舐め始める。

ルークの腹がすっかり綺麗になると、オーウェンの巨軀が歪みみるみるうちに小さくなっていった。体の収縮によって首に巻きついていた鎖がゆるみ、ジャラッという音とともに床に落ちる。自分にのしかかる狼の姿はやがて人間に変わった。

均整の取れた肉体を晒したオーウェンが、四つん這いの体勢でルークを見下ろしていた。

薬花の体液が効いたようだとルークはほっと胸を撫で下ろす。

「まったく、どれだけ俺から体液をしぼり取るつもりだよ。前回以上に恥ずかしい目に遭うなんて予想外もいいとこ……」

安堵からルークはつい憎まれ口を叩くが、すぐにオーウェンの様子がおかしいことに気づいた。透きとおるような金色の瞳には一切の感情が感じられず、ただただ無表情にルークを見下ろしている。前回は人間に戻った直後に苦しげな様子を見せたのに、今目の前にいるオーウェンは息一つ乱していない。

その頭部に並ぶ狼耳に目を留め、ルークははっとした。尻の後ろからは黒い毛に覆われた尻尾が垂れている。鋭い犬歯や尖った爪は、己の意思で半獣化していたときには見られなかったものだ。

（まだ人間の意識が戻ってきていないってことか？）

困惑するルークに顔を寄せると、オーウェンは味見でもするかのように耳朶を舐めた。狼の薄い舌とは質感が異なる、弾力のある人間の舌。それがやわらかな耳朶を転がし、耳の縁をなぞり、やがて中央の穴に侵入した。

耳を愛撫されるたびに耳飾りが揺れ、シャラ……と音を立てる。

「あっ、……オーウェン……っ？」

背中の下に腕を差し入れてルークを抱き竦め、オーウェンは耳の穴に舌先を出し入れした。濡れた水音が頭の中に響き、ぞくぞくとした痺《しび》れが背筋に走る。

たくましい腕に抱かれ、為す術なく耳を嬲《なぶ》られていたルークは、熱く固いものを下肢に押しつけられていることに気づいた。オーウェンの手はルークの腰の下に移動し、互いの体を深く密着させる。

オーウェンは腰を前後に動かして快感を求め、耳許で熱い息を漏らした。なおも耳の穴を出入りする舌先は、オーウェンが本当にしたい行為を示している。

（オーウェンは俺に挿れたいんだ……）

生殖は動物としての本能的な行為だ。オーウェンの人間としての意識が戻ってこないのは、その欲求が解消されていないためかもしれない。

逡巡《しゅんじゅん》は一瞬だった。ルークはオーウェンの背中を軽く叩き、身を離すよう促す。素直に従ったオーウェンが密着を解くと、至近距離にある精悍な顔を見つめ、微かな苦笑を浮かべる。

「してみるか？　俺と。その……初めてだからうまくできるかは分からないけど」

目を引く容姿と強気な物言いとは裏腹に、ルークはいまだ純潔を保っていた。

心から愛した人に捧げたいなどと、殊勝な考えで貞操を守ってきたわけではない。発情はないが性的興奮を覚えると後孔は濡れる、中途半端なオメガである自分は、男に抱かれるべきなのか女を抱くべきなのか分からなかった。そんな不出来な体を晒してまで、身を繋げたいと思える相手に出会ってこなかった。ただそれだけのことだ。

（俺に挿れることでオーウェンの意識が戻る可能性があるなら、純潔くらいくれてやる）

夜空の星のように輝いていた目が、ガラス玉のごとくなんの感情も宿さない様子を前にしたら、決断に迷いなどなかった。オーウェンの胸に手を置いて彼の下から這い出ると、ルークは体勢を変えて四つん這いになり、己の後孔にそろりと手を伸ばした。

中指で蕾に触れるとくちゅりと水音が鳴った。催淫剤によって生まれた熱は射精したことで随分薄れていたが、興奮の名残でそこはいまだ濡れそぼっている。

思いきって中指を差し入れると、熱い内壁が絡みつくように細い指を飲み込んでいった。どんなふうに触れればいいのか分からず、直線的な出し入れをするだけだが、オメガの体はすぐに受け入れて肉を蕩《とろ》けさせた。

後孔から愛液が溢れ出すのを感じながら、ルークは指を増やして中を解していく。こんな場所に異物が入り込むのは初めてなのに、雄を扱くのとは異なる切ない快感が腹の中から湧き上がり、ルークの息を桃色に染めていく。

尻だけを突き上げ、上体を伏せて後孔を掻く淫らな姿を晒していると、オーウェンの手がルークの臀部に触れた。尻の肉を左右に開き、蕾に熱い息がかかる。

「オーウェンは指を入れるなよ。その爪で掻かれたら血だらけになっ……ぁ、あんっ」

首を捻り、背後に膝立ちになるオーウェンを振り返ると同時に、ぬるりとした感触が後孔に入り込んだ。尻に顔を埋めたオーウェンは、ルークの指とともに舌を差し入れ、体内の浅い場所で蠢《うごめ》かし始めた。

にちゅにちゅと淫猥な音を鳴らしながら出入りする舌に、ルークは頬を紅潮させて感じ入った。狼のときも人間のときも、オーウェンに後孔を舐められるのは堪らなく気持ちいい。恐る恐る中を掻いていた指もつられるように大胆な動きになり、中から得る快感に、萎えていた雄が再び力を漲《みなぎ》らせていく。

太股に滴るほど愛液が漏れるのを感じ、ルークは指を引き抜いた。オーウェンも尻から顔を離す。

背後を振り返ったルークは、思わずごくりと息を飲んだ。改めて目にするオーウェンの性器は、ルークとは比べものにならないほど太く、長大で、幹に血管が浮かぶほど固く勃起していた。

尻を突き出すルークと、蜜を垂れ流す蕾を前に、オーウェンは無言で荒い呼吸を繰り返した。痴態を余すところなく見られている羞恥は、ルークをさらなる興奮の渦に突き落とす。

右手で己の尻に触れ、後孔がよく見えるように左右の肉を指で開くと、ルークは情欲に掠れた声で告げた。

「好きにしろよ。オーウェンのやりたいように喰っていい」

その言葉に、オーウェンの喉仏が上下するのが分かった。両手でルークの腰をつかむと、濡れた孔に勇ましい屹立《きつりつ》を宛がう。潤んだ蕾が丸い先端を飲み込むと、絡みつく肉に誘われるようにオーウェンが腰を進めてくる。

「っあ、……く……っ、ぅう……ッ!」

たくましい怒張に肉を拓かれる感覚は強烈で、ルークは生まれて初めて感じる異物感と痛みに呻き声を漏らした。後孔は十分濡れていたし、指で馴らしもした。それなのに身を裂かれるような苦痛を覚えるのは、ひとえにオーウェンの雄が大きすぎるのだろう。

苦悶の表情を浮かべるルークをよそに、自我を失ったオーウェンは本能の赴くまま腰を動かし始めた。ずっ、ずっ、と前後に出し入れされ、指では不可能だった大きさまで体内

を押し拡げられる。まるでオーウェンの型を取っているようだ。誰も許していない場所に楔《くさび》を打たれ、内壁全体で彼の形を覚えさせられている。

媚肉に雄を擦りつける快感に、オーウェンは夢中になって腰を打ちつけてきた。肉がぶつかり合う音は生々しく乱暴なのに、その荒々しい動きにルークの体は次第に蕩けていく。

「あぐっ、う、ぁ……っあ、あぁっ、オーウェ……ッ」

苦痛にまみれていた声が徐々に甘くなってくる。オーウェンは上体を傾けると、ルークの背中に胸を密着させ、長い腕で痩身を抱き竦めた。そのまま腰を動かし、体全体を使ってルークを揺さぶる。

後ろから貫かれたまま上体を重ねる姿はまさしく獣の交尾だった。絶えず腰を送られ、ルークもまた動物が鳴くように、言葉にならない嬌声を漏らし続ける。

「あぁ、あぅっ、ひっ……ひぁっ、ああッ」

オーウェンの首元からは隠しきれないアルファの香りが漂っていて、ルークのオメガの本能を狂おしいほど刺激した。この男の子種が欲しい。胎に精を撒いてほしいと、淫らな媚肉が埋め込まれた雄にしゃぶりつく。

溢れ出る愛液によって繋がった箇所はぐちゃぐちゃと卑猥な水音を立て、それに煽《あお》られるかのようにオーウェンの手がルークの体を這い回った。大きな手のひらが平らな胸を撫で、尖った乳首を指の腹で捏《こ》ねる。

オーウェンの手から与えられる熱はルークの汗だくの体によく馴染んで、湿った皮膚をなぞられているだけでひどく感じてしまう。ルークは虚ろな目を宙に向けながら、恍惚《こうこつ》の表情を浮かべ口の端から唾液を滴らせた。

「ぁうっ、うぅっ……きもちい……いいっ、ひっ、いいぃ……っ」

激しい抽挿の中、オーウェンはルークの顔を横向けると、顔を寄せてきて唾液に濡れた唇を舐める。その舌が、ルークを誘い出すように唇の割れ目をなぞった。

おずおずと伸ばした舌に吸いつかれ、オーウェンの肉厚な舌で搦《から》め捕られる。そのまま貪るように唇を重ねられた。

「ふ、ぅ……っ、ぅうん……っ」

入り込んだ舌が口腔《こうこう》を蹂躙《じゅうりん》し、ルークの唇と後孔を同時に犯す。その間にも胸の突起を摘まれ、先走りを漏らす雄をゆるく擦られて、体中で得る性感に目眩がした。

(俺、今……オーウェンとキスをしてるんだ)

オーウェンと唇を繋げながら、ルークは漠然とそんなことを考えた。

きっとこのキスに、唾液を味わう以外の意味はない。男でもなく、アルファでもなく、獣神としての本能でルークの体液を啜《すす》っているだけに過ぎない。

自分だってオーウェンの自我を取り戻させるために体を拓いた。けれど彼としている口付けになんの感情も伴わないのだと思うと、ルークの胸は切なく軋み鈍い痛みを覚えた。

唇を離したオーウェンは、ルークの肩に顎を食い込ませ腰の動きを速めた。そろそろ限界が近いのだろう。ルークを貫くオーウェンは、額やこめかみに玉の汗を浮かべている。しぼり取るように勃起した中心を扱かれ、三度目の波が押し寄せるのを感じた。雄から垂れた先走りや後孔から滴る蜜によって、地面には数えきれないほどの円形の染みができあがっている。

「あっ、来る、……来る……っ、あ、ぁあ、また、ぁ……——ッ！」

大きな手に握られたまま、ルークの性器は薄い精を吐いた。内壁がうねるのが分かり、耳許でオーウェンが「ぐ……っ」と低い呻き声を漏らす。

最奥に雄を差し込んだオーウェンは、ぶるりと身を震わせて中に体液を吐き出した。

「あ……ぅ、熱い……」

ゆったりと腰を揺らしながらオーウェンは射精した。漏れてこないよう奥へ種つけをするような動きに、ルークも頬を赤く染めて感じ入った。下肢を繋げたまま互いにしばし荒い息を漏らす。

「……ルーク？」

困惑した声で名前を呼ばれたのはそのときだった。振り返ると、顎から汗を滴らせたオーウェンが、ルークを抱き竦めた状態で呆然としていた。狼耳や尻尾は消え、犬歯や爪もいつもと同じ大きさに戻っている。

「オーウェン……！　意識が戻ったのか」

「これは一体どういう……」

混乱するオーウェンが腰を引いたため、埋まっていた欲望で中が擦れ、ルークは「んっ」と声を漏らした。その反応でようやく状況を把握したらしく、オーウェンの顔が急激に青ざめていく。

慌てて結合を解いたオーウェンは、ルークの二の腕をつかみ力強く抱き寄せた。

「すまない……ッ、俺はなんてことを……！」

ルークを正面から抱きしめ、オーウェンは声を震わせた。声だけではなく、背中に食い込む腕までもが細かく震えている。彼がこれほど取り乱す様を目にするのは初めてだった。

「謝るなよ。俺から誘ったんだ」

宥めるように広い背中をさすりながら、ルークは胸の中に温かな感情が広がっていくのを感じた。オーウェンの体温を感じられるのが嬉しい。息苦しいくらいのきつい抱擁が嬉しい。知らぬ間にルークを抱いていたことを知り、自己嫌悪の念に震える様子も、本人には申し訳ないが嬉しくて仕方ない。

感情を少しも乱さず、本能のまま生きる獣のオーウェンではなく、喜んだり怒ったり、動揺したりする人間らしい彼が戻ってきたことに、ルークは心から安堵していた。

「狼に引き裂かれることよりも、男に抱かれることよりも、オーウェンが戻ってこないことのほうが怖かっただけだよ」

照れ隠しの言葉で自分を偽る気にはなれなかった。ルークは穏やかな微笑みを浮かべ、素直な気持ちを吐露する。

縋るようにルークを抱きしめていたオーウェンがわずかに身じろいだとかと思うと、しばしの沈黙ののちおもむろに身を離した。皮膚が固い手のひらで両頬を包まれ、ルークはぱちぱちと目を瞬かせた。

「……？　オーウェ……」

名前を呼びきるより早く目の前で顔が傾き、唇を奪われた。そっと触れ合わせるだけの優しい口付けに、ルークはまぶたを伏せるのも忘れ黒い睫毛《まつげ》を見つめていた。

「嫌だったか……？」

鼻先が触れ合うほどの距離でオーウェンが問う。低い声は微かな緊張を孕んでいて、ルークは心臓をぎゅっとつかまれたかのような気持ちになった。

これは半獣の状態でした淫らなキスとは別ものの、オーウェンの意志による感情を伴ったキスだ。そう思ったら、彼の笑顔に逐一心を揺さぶられることにも、優しく甘い眼差しに鼓動が乱れることにも、すべて理由ができてしまう。

「嫌じゃない。……もっとしてほしい」

ルークは小さく首を横に振ると、彼の手首に指を絡めて続きをねだった。すぐそばにあった唇が再びルークのそれと重なり、繊細な動作で啄《ついば》んでくる。全身を満たす多幸感に溺れながら、今度こそルークも目を伏せた。

オーウェンが好きだと思った。

誰にも求められなくていい、一人で生きていけると考えていたはずなのに、今この瞬間……いや、きっともっと前から、オーウェンのためになんだってしてやりたいとルークは考えるようになっていた。


侍女に急かされ、ルークはそわそわした心地で廊下を進んだ。二階から玄関前の広間に向かって延びる半円形の階段を下りていくと、五、六名の従者に出迎えられていたオーウェンが気づいて顔を上げた。シェリーとテッドの姿も見える。

「お、おかえり、オーウェン」

深紅の絨毯に下り立ったルークは、オーウェンの正面までやってきてぎこちなく口を開いた。ついこもった声になってしまうのは単純に照れくさいからだ。珍しく夕飯に間に合う時刻に帰宅すると聞き、「何時頃になりそうなんだ？」と躊躇いがちに――けれど幾度となく――侍女に尋ねたところ、嬉々として玄関まで駆り出されてしまった。

（出迎えなんてしたのは初めてだ……）

気恥ずかしさから目尻を赤く染め、視線を泳がせるルークに、オーウェンはくしゃりと表情を綻ばせた。肩をつかまれて引き寄せられ、正面から抱き竦められる。不意打ちの抱擁にルークは慌てふためいた。

「えっ、ちょっ……！」

「まさかルークが俺を出迎えに来てくれるとは思わなかった」

オーウェンはしみじみと喜びを噛みしめ、ルークの体に回した腕に力を込める。互いの体が深く密着し、ルークは湯上がりのように肌を赤く染めた。

背中に従者たちの視線が集まるのを感じ、ルークはたくましい腕の中で必死に暴れる。

「こっ、こういうことを人前でするな！」

「いけなかったか？　花嫁の出迎えに抱擁で応えることは普通なのかと思ったが」

「はな、よめ……、ま、まあ、そうなんだけど……」

「ルークは妙なところで初心な反応をするな」

オーウェン本人から花嫁扱いされどぎまぎしていると、ルークの腰に腕を滑らせた彼が機嫌よく目許を綻ばせた。慈愛に満ちた眼差しを一身に受けると、途端に虚勢を張ることが難しくなる。

頬を赤らめて俯くルークに、オーウェンがくくっと喉奥から笑い声を漏らした。長い指で顎を掬い取られ、次の瞬間には唇に掠め取るようなキスをされる。

一瞬の出来事に目を丸くしたルークは、一拍ののち全身の血が沸騰するほどの羞恥を覚えた。耳まで真っ赤にしてオーウェンを睨むと、胸に手をついて強引に体を剥がす。

「だから！　人前だっつってんだろ！」

「すまない、可愛くてつい」

一人ぎゃあぎゃあと騒ぐルークに、オーウェンは平然と返す。飄々《ひょうひょう》とした態度でからかっているのか、心のままに行動した結果ルークをやたらと甘やかしているのか。後者の可能性が高いのが恐ろしい。

二人のやりとりに、従者たちは肩を震わせて懸命に笑いを噛み殺していた。鉄壁の無表情を保っていた主人が、人目を憚らず花嫁を愛でているのがおかしくて仕方ないのだろう。

しかしルークたちを見守る目は、どれも温かく微笑ましげなものだ。

居たたまれない思いでルークが視線をさまよわせていると、従者たちの後ろに移動していたシェリーと目が合った。気まずそうに視線を外したシェリーは、ドレスの裾を軽く摘んで膝折礼をし、身を翻してその場を離れた。

「あ……」

礼儀を尽くした振る舞いは、以前の遠慮のない態度とは明らかに異なっていた。ルークは溜め息とともに肩を落とす。

なぜ獣神の番にならないのかと言い募られた日を境に、シェリーとの間には溝が生まれていた。今までと同様花嫁修業はするが、感情を抑えて冷静に行われる指導にルークもぎこちなく従っている。彼女の虎耳と尻尾もしばらく目にしていない。

テッドに余計な心配をかけないためにか、シェリーの補佐につかせることもなくなった。

(俺が発情しない体質だってことを、シェリーにも伝えられたらいいんだけど……)

獣神にとって、薬花と番うことにどんな意味があるのか。それをオーウェンに尋ねてみたのだが、「獣神の祝福がより強まるんだ」と曖昧にはぐらかされてしまった。従者たちも似たような返答しかくれず、テッドはにこやかに「じゅうしん様がとってもつよくなります！」と返すばかりだった。

(でも……俺じゃオーウェンの番になれないって分かったら、一体どうなるんだろ)

新しい薬花を探し出してオーウェンの番にさせるのだろうか。彼が他のオメガを抱き、うなじを噛む光景を想像するだけで、息苦しいほど胸が痛くなる。

胸の上でぎゅっと拳を握るルークに、テッドが無邪気に近寄ってきた。

「あの、はなよめ様」

「ん？　どうした？」

「はなよめ様は、もうすぐじゅうしん様の赤ちゃんをうむのですか？」

「えっ⁉」

思いも寄らない発言にルークは声を裏返らせた。自分たちの関係をテッドはどこまで知っているのか。

「だんな様とはなよめ様がなかよしだと、赤ちゃんがうまれるとご本にかいていました。はなよめ様はじゅうしん様ととってもなかよしなので、もうすぐ赤ちゃんがうまれるのかと思ったのです」

テッドの純真無垢《むく》な言葉に、ルークは心の底からほっとすると同時に、遅れてきた焦りで妙な汗を掻いた。膝に手を置いて腰を屈めると、テッドに目線を合わせ肩を竦める。

「んー……、赤ちゃんはできないかな」

「そうなのですか？」

テッドは不思議そうに目を瞬かせ、ルークとオーウェンの顔を交互に見た。こんなに仲がいいのにとでも言いたげな表情に、ルークは苦笑をこぼすしかない。

オーウェンへの恋心を自覚してからというもの、ルークは発情しない体への劣等感をますます募らせるようになった。発情さえできればオーウェンと番にもなることも可能なのにと、不甲斐ない気持ちになる。

はっきりと言葉にされたわけではないが、オーウェンの愛しいものを見るような甘い眼差しや、人目も憚らずルークと触れ合いたがる様子から、彼もまた同じように自分を想ってくれているのが分かる。一方通行の気持ちではないからこそ、彼に愛されながらも番になれない現状が余計に歯がゆかった。

そのときオーウェンが、ふいにテッドの腋に手を差し入れると、ひょいと抱き上げて腕に座らせた。

「ほわぁ……！」

オーウェンからされる初めての抱っこに、テッドが頬を紅潮させ目を輝かせた。

「もう夕飯は食べたのか？」

「いえ、じゅうしん様といっしょに食べようと思っていました」

「だとしたら随分腹が減っただろう」

「はい、とってもペコペコです。さっきもおなかがぐーっと鳴りました」

テッドのいたいけな返答に、その場にいる誰もが表情を綻ばせた。「だったら食堂へ急がなくてはな」と目許をゆるめ、オーウェンはテッドを抱えたまま歩き出す。

その隣に並びながら、オーウェンとの間に子供を授かることができればこんな感じなのかな……と、ありもしない未来を想像してルークの胸はちくりと痛んだ。

ルークの部屋にシェリーが駆け込んできたのは、それから数日が経った夕方だった。

慌ただしいノックの音に驚いてすぐさま扉を開けると、切迫した表情のシェリーが立っていた。

「ねえ、ルークのところにテッドは来てない⁉」

「え？　いないけど……、テッドがいないのか？」

「うん……。いつもだったらおとなしく本を読んでいるのに、修業が終わったあと部屋に行ったら姿が見えなかったの。みんなルークの花嫁修業に同席してるんだと思ってたらしくて、テッドがいつ部屋の外に出たのかまったく分からなくて……」

説明しながらシェリーはガタガタと震え出した。今にもくずおれそうになりながらも必死にルークにしがみつき、悲痛な声をあげる。

「わたし、……わたし……っ、テッドの面倒を見なきゃいけなかったのに、それを投げ出しちゃったの……！　わ、わたしがルークに冷たい態度を取ってるのをテッドに見られたくなくて、もう半月以上部屋で留守番ばっかりさせてて……、ごめんなさい……ごめんなさいっ」

虎耳と尻尾を生やしてシェリーは子供のように泣き始めた。ルークは彼女の二の腕をさすり、懸命に宥める。

「一緒にテッドを捜そう。な？　とりあえずもう一度部屋を確認してみよう。あのくらいの年の子は一人で隠れんぼをすることもあるんだよ。隠れたままうっかり眠っちまったのかもしれないしさ」

極力明るい調子で語ると、シェリーは手の甲を目許に押し当てながら頷いた。

テッドの部屋がある二階の廊下では侍女たちがテッドを捜していた。ひょっこり姿を見せてくれたら……と願ったが、残念ながら部屋にテッドの気配はなかった。豪奢ではあるが、子供が使うにはあまりに味気ないその部屋は、開け放たれた窓から初秋の空気が流れ込んでいた。

頭を過ったのは、ルークが自室から脱出を試みたときのことだ。あのときは廊下にいる従者たちに監視されていた。そのため、ルークは危険を承知で窓から脱出することにしたのだ。

「オーウェンは半獣状態で高いところから飛び降りてた。テッドもできるのか?」

窓の外をまっすぐに見つめてルークは問う。

「え、ええ……。獣の神子が最初に取り組むのは、半獣の姿で身体能力を上げる訓練だから。ある程度の高さからなら飛び降りられると思うわ」

「二階の窓からでも?」

「……、……平気……だと思う……」

ルークがなにを考えているのかを察したらしく、シェリーが表情をこわばらせた。目眩を堪えるように額に手を当てたルークは、今になって己の軽率な行動を悔やんだ。

窓から外に出たルークと、半獣の姿で跳んだオーウェンを見て、テッドは学習したのだ。半獣の姿でうまく力を使えば、窓から脱出することも可能なのだと。

「窓から外に出たとして、一体どこへ行っちゃったの?」

「分からない……」

部屋を見回したルークは、寝台の上に一冊の本が置いてあることに気づいた。見開きのまま放置された本は、真面目な性格のテッドらしく整理整頓が行き届いたこの部屋で、唯一乱れている箇所だった。

近寄って手に取ると、その分厚い本は植物事典だった。開かれていたページには、「新たな命を授ける花」という謳《うた》い文句で、フランクロニィという花について記載されていた。

花びらは萼《がく》に近い部分が白く、先端に向かって薄紅色に変化している。夫婦の寝室に飾ると子宝に恵まれるという言い伝えがあり、原産地に「パラビスト」の名前があった。

「テッドはこれを探しに行ったんじゃないか？」

植物事典を差し出すと、花の詳細に目を通したシェリーが顎に指を添えて思案した。

「あり得ると思う。屋敷の裏手に森が広がっているでしょう？　フランクロニィの生息条件がその森と合致するの。前にテッドを連れていったことがあるから、植物が好きなあの子がこの不思議な色合いの花を見たとしたら、そのことを覚えていそうだわ」

他に手がかりはない。捜しに行く価値はありそうだ。ルークとシェリーは行き先を従者に伝えると、二人で屋敷を飛び出した。

森はあまり深くなく、半獣状態のシェリーがテッドの匂いをたどるうちに、やがて谷が見えてきた。

底に川が流れているらしく、微かに水音が聞こえてくる。虎耳をぴくりと震わせたシェリーは固い表情で言った。

「テッドの声がする。ルークの名前を呼んでるわ」

まさか、とルークは前方に広がる谷を見やった。そんなはずはない、きっと谷の手前で迷子になり、不安で泣いているだけだ。そう自分に言い聞かせるが、森を抜けたところでルークが目にしたのは、息を飲むような光景だった。

山の中にぽっかりと現れた谷。切り立った崖の手前には、一本の樹木が生えていた。フランクロニィの木らしい。その木には植物事典で見た花が咲いていて、テッドが枝の中ほどにしがみついていた。

テッドがいるのはよりによって崖に張り出した枝で、手足を滑らせれば真っ逆さまに谷底へ落ちていく。木によじ登ったものの、高さに身が竦んで下りられなくなったのだろう。

ルークはシェリーとともに慎重に木に近づいていった。

「テッド」

怯《おび》えさせないよう穏やかな声で名前を呼ぶと、テッドが恐る恐る振り返った。ルークを認めるとみるみるうちに大きな目を潤ませ、丸い頬にぼろぼろと涙を落とす。

「はなよめ様……はなよめさまぁ……っ」

「大丈夫、すぐ助けに行くから」

テッドを安心させるように笑み、ルークは木の枝に手をかけ登り始めた。流浪の旅をしていた頃に、空腹をしのぐべく木に登って果物を取ったことは一度や二度ではない。テッドがいる枝の根元までたどり着いたルークは、眼下に広がる景色にゴクリと喉を鳴らした。

枝葉の間からは谷底を流れる川が覗き、その高さに目眩を起こしてしまいそうだ。葉擦れの音がすぐそばから聞こえるせいで、ほんの少し風が吹いただけで体がこわばる。花を摘もうと必死だったテッドも、途中で自分がいる場所の恐ろしさに気づいたに違いない。

問題はこの先だ。ルークは枝にしがみついて震える小さな背中を見つめた。大人のルークがテッドの場所まで行けば、重さで枝が折れかねない。

「テッド。俺がいるところまで戻ってこられるか？」

ルークが問うと、テッドは一瞬の間のあと首をぶんぶん横に振った。

「大丈夫だよ。テッドは木登りがこんなに上手なんだから。そこまで行けたんだから、戻ってくるのだってちゃんとできるはずだ」

枝の根元に跨がり、穏やかな声音で語りかけながらルークは体を前傾姿勢にした。枝を揺らさないよう注意しつつ、テッドに向かって右腕を伸ばして「おいで」と促す。

枝に腕と脚を絡ませて固まっていたテッドは、ルークの言葉に励まされたのか、やがて意を決した様子で少しずつ後退し始めた。枝の上で体を滑らせて、ゆっくりとルークのもとへ近づいてくる。

「すごいな。やっぱりテッドは木登りが上手だ。あとちょっとだぞ」

伸ばしっぱなしの腕に疲れが溜まるのを感じながら、ルークは笑顔を崩さずテッドを励ました。ルークの指先がテッドの臀部に触れ、やがて手のひらが背中に触れる。

ルークの手の感触に気が急いたのだろう。それまで慎重を期していたテッドが、慌ただしくルークのもとに戻ろうとした。

小さな体が目の前でぐるりと反転したのはそのときだった。

「きゃあっ！」

木の下で見守っていたシェリーが悲鳴をあげた。枝にぶら下がったテッドが目を丸くする。

その手が枝から離れるのと、ルークがテッドの衣服をつかんだのは同時だった。子供一人分の重みで地面に引っ張られ、落下しそうになる。すんでのところで堪えたものの、木肌に耳が擦れカシャンッと金属質な音が鳴った。

ルークはなんとかテッドを引き上げると、震える体を力強く抱きしめた。ルークに全身でしがみつき、テッドは火がついたように泣き始める。

「ああぁん！ ごめんなさ……ごめんなしゃいぃ……っ」

「よく頑張ったな。テッドは強い子だよ」

栗色の細い毛に覆われた頭に手を置き、ルークもまた安堵から目を潤ませた。子供特有のやわらかな体をひしと抱き、決して離すまいと腕に力を込める。

「ぼく……、は、はなよめ様に赤ちゃんができたらいいなって……。じゅうしん様もはなよめ様も大好きだから、赤ちゃんができたら、シェリー様がぼくをおせわしてくれるみたいに、ぼくが赤ちゃんをかわいがってあげようって思ったんです……っ」

涙と鼻水でぐしゃぐしゃになりながら、テッドは顔を真っ赤にして泣きじゃくった。小さな手にはフランクロニィの花が一輪握りしめられていて、ルークはぎゅうっと胸がしぼられるような心地になる。テッドが自分を家族のように思ってくれていたことも、シェリーを姉のように慕っていたことも初めて知った。

（少し前まで、こんなふうに感情を爆発させることなんてできない子だったのに）

「フランクロニィの花を採りに来たのは俺のためだったんだな。ありがとう、テッド。テッドみたいな優しい子に大好きって言ってもらえて嬉しい。俺もテッドが大好きだよ」

テッドの成長が嬉しくて、自分のことを思っての行動が申し訳なくて、鼻がツンと痛んだ。涙の膜が張った目を細め、ルークは小さな弟分に明るい笑みを見せた。

二人で地面に降りると、シェリーが大泣きしながらテッドを抱きしめた。華やかな顔をテッドと同じくらいぐしゃぐしゃにして、洟《はな》を啜りながらルークに「ありがとう」と繰り返す。

「ごめんね、ルーク。わたし、本当は分かってたの。ルークが番でも番じゃなくても、獣神様はもう他の薬花を娶《めと》るつもりなんかないってこと」

しゃくり上げながら詫《わ》びるのは、ルークとの間に溝ができた日のことだ。

「わたしだってルークが獣神様の花嫁でよかったって思ってる。獣神様があんなに穏やかな顔をするようになったのはルークと出会ったおかげだから。でもわたし……こんなこと言っちゃいけないのは分かってるけど、どうしても獣神様を助けたくて……。身勝手に怒ってルークにつらく当たってた」

シェリーは目を真っ赤にして秘めた思いを吐露した。

(獣神を助けるってどういうことだ？　それじゃまるで、薬花と番になれなきゃ助からないみたいな言い方じゃねえか)

一体どういう意味なのかと尋ねようとしたとき、土を蹴る蹄《ひづめ》の音が聞こえ、森の向こうから数頭の馬が駆けてくるのが見えた。兵士たちを引きつれてやってきたのは半獣姿のオーウェンだった。

「テッドは無事か!?」

オーウェンは、シェリーの腕の中からテッドが顔を覗かせていることに気づくと安堵の息を漏らした。「ルークが助けてくれたんです」とシェリーが言う。

「ありがとう。心から感謝する。ルークにはいつも助けてもらってばかりだ」

「大袈裟だよ。俺だってテッドになにかあったら悲しいから、当然のことをしただけだ」

苦笑するルークの左頬に、オーウェンの手のひらが添えられる。慈愛に満ちた目で見つめられ、照れくさくて視線を逸らすと、シェリーが「ふふっ」とおかしそうに口許をゆるめた。彼女に抱かれたテッドも嬉しそうな笑みを見せている。

（ああ……なんか、こういうの……、きっと「幸せ」って呼ぶんだろうな）

オメガ狩りに捕まらないよう注意を払いながら、日々を生き抜くだけで精一杯だった。オメガにもベータにもなれない中途半端な体では、どこにも居場所など得られないのだと思っていた。盗みに手を染めることも、孤独な人生も、自ら選んできたつもりだった。

それなのにルークは、他人に労られ、優しくされる喜びを知ってしまった。オーウェンとシェリーとテッドの三人に、家族のような親しみを覚えてしまった。

きっともう、元の生活には戻れない。ひんやりとした寂しさに、心の奥深くを少しずつ凍らされていくような日々には。

「ルーク……、左の耳飾りはどこへやったんだ？」

オーウェンに尋ねられ、ルークは慌てて左耳に触れた。いつも耳朶に下げていた耳飾りがないことに気づく。

（そういや、さっきテッドを捕まえたときに木に耳が擦れたな）

木の下を注意深く探してみたが見当たらない。まさか……、とルークは崖から身を乗り出した。

崖の中ほどから一本の木が突き出すように生えていた。その木肌に光るものを見つけてルークは目を凝らす。はっきりしないが、太陽光を浴びて紫色に輝くそれは、ルークが落とした耳飾りのように見えた。

「あんなところに落ちるなんて……」

歯がゆさに唇を結ぶ。母から譲り受けた、たった一つの形見なのだ。

崖の際に縋りつくように見つめていると、オーウェンがルークの肩にそっと手を置いた。

「俺が取りに行く」

「でも……」

いくら半獣化したオーウェンの身体能力が優れていたとしても、うまく木の上に着地できなければ谷底に叩きつけられてしまう。

「大丈夫だ。お母上が身に着けていた耳飾りなんだろう？　大切にしたほうがいい。愛してくれた家族の記憶があるのなら、なおさら」

不安げに瞳を揺らすルークにオーウェンは力強く告げた。崖下をまっすぐに見据え、深呼吸ののちに地面を蹴って飛び降りる。

ルークたちが固唾を呑んで見守る中、外套をはためかせながら降りていったオーウェンは、見事木の根元に着地した。枝先に載っている耳飾りを目指して慎重に足を進める。

オーウェンの手が耳飾りに届き、拾い上げて「あったぞ！」とルークを見上げた。その直後、ミシミシッ……と嫌な音がした。

オーウェンが周囲を見回したときにはすでに幹が根元から折れていた。彼の長身が大きく揺れ落下する。ドボンという音とともに水飛沫が上がった。

「獣神様が川に落ちたぞ！」

「流されたか⁉」

「分からない！　浮いてきていないようだ！」

兵士たちの声が飛び交う中、ルークは崖下を見下ろしたまま青ざめた顔で固まっていた。どうしよう。俺の耳飾りを拾おうとして、オーウェンが落ちてしまった。俺のせいで……。

「谷底へ行って獣神様を捜すわよ！　わたしに乗って！」

地面についた手を震わせるルークに、シェリーが力強く声をかけてきた。はっとして顔を上げると、すぐ横でシェリーが一頭の虎に姿を変えていた。オーウェンの獣化とは違い、ごく一般的な大きさの虎だ。

シェリーはルークを背中に乗せると、兵士たちと谷底に繋がる道へと駆けていった。

落下した場所から少し離れた川辺で見つかったオーウェンは意識を失っていた。

水面に叩きつけられたうえ、川底の岩にも体をぶつけたようで、腕や足、肋骨《ろっこつ》に鎖骨など複数箇所を骨折していた。全身の打撲もひどく、額を切ったことで砂利を血で濡らしていた。

固く結ばれた拳から紫色の石が揺れる耳飾りが出てきた瞬間、溢れ出す愛しさが奔流となって押し寄せ、ルークの胸を切なく軋ませた。

すぐさま屋敷に担ぎ込まれたオーウェンは一命を取り留めたが、三日間目を覚まさなかった。

「獣神は普通の人間に比べて頑丈だし、怪我の治りが格段に早いから大丈夫よ」

とシェリーは励ましてくれたが、毎日オーウェンの部屋で容態を見守っていたルークは生きた心地がしなかった。

オーウェンが谷底へ落下してから十日――。

大理石の床に円形の浴槽が埋め込まれた広い浴室で、ルークは椅子に腰かけたオーウェンの頭を丁寧に洗い、香油を馴染ませていた。裸の胸や腕、脚には包帯が巻かれている。傷口に湯がかからないように注意しなくてはならず、なかなか苦戦する作業だ。

「ったく……。あっという間に回復したと思ったら、『風呂に入りたい』なんて言い出しやがって。オーウェンのでかい体を支えて浴室に来るのも、傷口が濡れないようにするのも一苦労なんだけど？」

衣服を捲り上げたルークは、心地よさそうに息を吐くオーウェンにじとっとした眼差しを向け、片方の眉を上げた。

ゆったりと背もたれに身を預け、その上部に頭を載せたオーウェンは、すぐ後ろに立つルークを見上げ機嫌よく口許をゆるめる。

「怪我人の我が儘くらい可愛いものじゃないか。それに、本来は侍女たちが担うはずだった俺の看護を買って出たのはルークだろう?」

「それは……俺の耳飾りを拾うために大怪我を負ったんだから責任を感じるし……」

「侍女たちに俺の裸を見られるのが嫌なのかと思っていたのだが」

「なっ……! そ、そんな理由じゃ……っ」

慌てふためくのは図星をつかれたからだ。おたおたと視線を泳がせるルークを見つめ、オーウェンがくくっと笑い声を漏らした。本当に、出会った当初とは比べものにならないほど彼はよく笑うようになった。

ルークに憎まれ口を叩く余裕が生まれたのも、オーウェンが驚異的な回復を見せたからだ。目を覚ました三日後にはルークたちと変わらない食事をとり、その二日後には杖をついて歩き始めた。普通の人間ではまったくもってあり得ない。

オーウェンの横に回り込んだルークは、花の香りがする石鹸《せっけん》を泡立て、海綿を使ってたくましい体を洗い始めた。

張りのある胸筋や、固い二の腕、曲線を描くふくらはぎなど、オーウェンの体は筋肉の隆起が美しい。ルークのひょろりと細い体とは大違いだ。

そんな肢体に刻まれた数々の傷跡を、ルークは神妙な面持ちで見つめた。今回負った怪我の他にも、古傷が体のあちこちにある。泡の滑りを借りて、素肌に比べ白っぽい傷痕を指でそっとなぞった。

（体中傷だらけになりながらも、オーウェンはパラビストを守るためにずっと戦ってきたんだ）

どれほど硬質な鉱石だって、まったく傷がつかないわけではない。最前線で戦い、常に死と隣り合わせのオーウェンの人生を思い、ルークは表情を曇らせた。

ふいに伸びてきた手がルークの銀髪に差し込まれ、後頭部に添えられたかと思うとそのまま引き寄せられた。体がぐらりと傾く。傷だらけのオーウェンにぶつからないよう、ルークは慌てて椅子の背もたれに手を置いた。

ルークの頭を抱え込む体勢でオーウェンが唇を重ねてくる。浴室に満ちた湯気のせいか、オーウェンの唇はしっとりと濡れていて、普段のキスよりも深く嚙み合った。

「んっ……」

やわらかな感触を味わうように唇を食まれ、表面に軽く吸いつかれて、ルークは堪らず口の端からあえかな声を漏らした。体重をかけないよう気を配ってはいるが、どうしても上体が触れ合ってしまい、布越しに伝わるたくましい胸の張りに鼓動が高鳴る。

「ばか……服が濡れた」

文句は、自分でも恥ずかしくなるくらいひどく甘えた声になった。これでは怒っているのではなく続きをねだっているようにしか聞こえない。

楽しげに目を細めたオーウェンは静かに口角を上げ、顔を傾けて再び唇を奪った。ルークの後頭部からうなじへとゆっくり手のひらを這わせながら、もっと体を寄せるよう促す。深くなる直前の、探り合うような戯れのキスを繰り返しながら、ルークは包帯を巻かれた箇所に触れないよう注意しつつオーウェンの太股を跨いだ。

やがてどちらからともなく舌が絡み、互いの口腔を侵し始める。オーウェンの肉厚な舌が頬の裏側を擦り、ぬるぬると上顎をくすぐるのが堪らなく気持ちよかった。浮き上がった背骨を指の腹でなぞられ、ゆるく撫で回されると、甘い疼きが走って息が乱れてしまう。

「うん……っ、だめ……変な気分になる……」

「変な気分とは？」

「んっ、ぁ……も、こらっ」

悪戯な手が胸に伸びてきて湿った衣服の上から突起に触れる。頬を上気させつつ眉を寄せ、オーウェンの頬を軽く抓《つね》った。

「駄目だって言ってんだろ。傷に障ったらどうすんだよ」

「少しばかり傷が開いたところですぐに治る。尋常じゃない早さで回復するのはもう分かっているだろう？」

オーウェンは軽い口調で返すが、そうやって今までも無茶をしてきたのだと思うと悲しかった。ルークは眉尻を下げ、オーウェンの濡れた前髪を手で退ける。

「やめろよ、そうやって自分をないがしろにするの」

静かな口調で叱り、覗いた額にそっと唇を押し当てた。顔を離すと至近距離で視線がぶつかり、吸い寄せられるように今度はルークからキスをする。軽く触れ合わせるだけの、慈しみに満ちた口付け。

「怪我が原因ではあったけど、ゆっくり療養するようになってからのオーウェン、前よりずっと顔色がいいよ。普段からこうやってちゃんと休んでくれよ。……心配だから」

オーウェンの首に腕を絡め、ゆったりと身を寄せて首筋に顔を寄せた。オーウェンもルークの背中に腕を回し、宥めるようにさすってくる。

「すまなかった」

「……うん」

「ルークと出会って、俺はようやく人間らしい生き方を知り始めた。波立つ感情や、笑い方、帰宅を待っていてもらえる喜びに、こうやって自分の身を案じてもらえるありがたさも、ルークに教わるまで気づかなかった」

大切な記憶を紡ぐように語られる声は、ルークの耳によく馴染んで心を安らがせた。濡れた髪や肌から伝わってくるオーウェンの体温が心地よい。

（俺だって初めて知った）

愛する人の腕に抱かれる安堵や、優しい笑顔を向けられたときの胸が震えるような歓喜、侍女にさえ彼の体を見せたくないという独占欲。それらはすべてオーウェンが教えてくれたものだ。

ルークはほんの少しだけ腕に力を込め、オーウェンの肩口に頬を擦り寄せる。

「教えるよ、これからもずっと。怪我が治るまで俺ができることはなんだってするし、治ったあとだってなんでもしてやりたいって思ってる。だから体に負担をかけるようなことはしないで、早くよくなってくれよ」

自分にこれほど献身的な気持ちが芽生えるなんて思ってもみなかった。触れ合ったところが淡く熱を持って、湯に浸かっているわけでもないのにのぼせてしまいそうだ。

好きだな、と思う。この男が好きだ。……ずっと離れたくない。

「分かった。そうする」

オーウェンも素直に頷いて、ルークの癖のない髪を優しく撫でた。うかがうように顔を上げると、優しい眼差しが一心に注がれる。きらめく星のような金色の双眸を、冷たいと感じることはもうない。

ルークの頬に手を添え、オーウェンが顔を傾けてくる。

「なんでもしてくれると言うのなら、一つ頼みがある」

「うん……？」

薄く目を開けたまま戯れのような啄みを受け入れ、ルークはオーウェンの手首に指を絡めた。

「怪我がしっかり治ったら、ルークを抱きたい。獣神としてではなく一人の男として、ルークを抱かせてほしい」

直接的な物言いに体温が上がる。けれど嫌な気はしなかった。オーウェンの飾らない言葉が、恋を自覚するより前からずっと好きだった。

「……楽しみにしてる」

薄紫色の目を細めてはにかみ、ルークは砂糖菓子のような甘く優しいキスに溺れた。


着々と回復するオーウェンの世話を焼きながら、シェリーやテッドとともに花嫁修業に励む日々はいつになく穏やかで、ルークに心の安息を与えてくれた。

ある日の午後、侍女と護衛を連れて城下町に来ていたルークは、少しずつ秋めいてきた空の下で、ずらりと並ぶ露店を見て回っていた。青果を扱う店で瑞々しい無花果《いちじく》を手にしていると、民が気さくに声をかけてくる。

「こんにちは、花嫁様！　今日はお買い物ですかい？」

「うん。おいしそうな果物があったから、オーウェンに食べさせたいと思って」

「相変わらず仲睦まじいですなあ。夫に食べさせる果物を選ぶために花嫁様が自ら足を運ぶなんて、獣神様は本当に幸せな旦那様ですよ」

獣神が療養中という情報が漏れれば、この機を逃すまいと他国に攻め入られる可能性がある。そのためオーウェンに果物を差し入れる理由を伏せたのだが、どうやらルークの行動は甲斐甲斐しく夫に尽くす殊勝な妻として映ったらしい。

気恥ずかしさから視線をさまよわせるルークに、そばに控えていた侍女がくすくすと笑い声を漏らした。オーウェンと一緒に城下町を訪れて以降、ルークはすっかり獣神の花嫁として知られていて、今では多くの人が話しかけてくるようになった。

（花嫁様って呼ばれんのはまだちょっと恥ずかしいけど）

以前は気にも留めていなかった呼び方に妙にそわそわしてしまうのは、ひとえにルークの心持ちが変わったためだ。あくまで形だけの花嫁だと思っていたのに、今のルークは本当にそうなることを望んでいる。

ルークが薬花の務めを果たすのは最長でも半年……と言われて屋敷への滞在を承諾したはずが、まさかこんな気持ちが芽生えるなんて想像もしていなかった。

（そもそもオーウェンはどうして期限を半年にしたんだ？）

獣神の在任期間に上限でもあるのだろうか。もしかしたら、薬花と番えるかどうかが在任期間を延ばす鍵になっているのかもしれない。

そんなふうに考えたルークは、はたと動きを止める。

――こんなこと言っちゃいけないのは分かってるけど、どうしても獣神様を助けたくて……。

彼女の言葉が胸に引っかかっていたはずなのに、オーウェンが大怪我を負った衝撃で、真相を確かめるのを失念していた。屋敷に戻って聞こうと思い立ち、ルークは露店の主人に頼んで無花果を十個ほど包んでもらった。

麻袋を受け取って帰路に就こうとしたルークは、とある露店の買い物客に目を引かれた。小柄で華奢な体躯の青年は美しい横顔をしていて、うなじが隠れる頭巾つきの外套を羽織り、中年の野菜売りとなにやら話をしていた。

商品を並べた木箱の後ろから麻袋を四つ取り出した野菜売りは、パンパンに膨らんだそれを青年に差し出した。青年は背負っていた鞄《かばん》を重たげに下ろし、中から革製の小袋を取り出す。

「頼まれてたフィダフ草だよ。本当にこんなものが欲しいのかい？　なんの使い道もない雑草なのに」

「いいんだ、ありがとう。これは少しだけどお礼に」

青年は数枚の硬貨を差し出した。

フィダフ草は潮風が当たる農地に生える野草だ。堆肥を作るのに利用するくらいの使い道しかなく、草抜きを少しサボっただけで途方に暮れるほど生えるため、分けたところでなんの問題もない。

農家にとっては鬱陶しいだけのフィダフ草だが、サーゲルに所属する者にとっては重要な植物だった。フィダフ草に蜂蜜と山羊《やぎ》の乳を混ぜて作った薬は、発情周期を整えるための抑制剤になるのだ。排他的な意識が強いサーゲルは、仲間以外にこの抑制剤の作り方を教えることをよしとしていなかった。

発情経験のないルークも、亡き母の言いつけを守り幼少期から飲み続けている。パラビストにやってきてからも、作り置きしていた濃縮液を水で割り服薬していた。サーゲルに所属していた頃は、母とああやって海辺の農村にもらいに行ったものだ。

(もしかしてあの人……、サーゲルのオメガか……?)

頭の中に浮かび上がった考えに、ルークは息をするのも忘れて瞠目《どうもく》した。氷水につけたように指先が冷え、全身の血を凍らせる。賑やかな雑踏の中にいるのに、ドクドクと脈打つ鼓動がやけに大きく聞こえた。

サーゲルに所属するオメガは例外なく臍の下に花紋がある。オーウェンたちが血眼になって探していた薬花の特徴だ。

左右の手に二つずつ麻袋を提げた青年は、野菜売りに会釈して露店が並ぶ通りを離れた。

彼の後ろ姿を見失わないようにルークも追いかける。侍女と護衛が焦った様子でそれについてきた。

青年は城下町の外れにある乗合馬車の停留所まで行き、御者に声をかける。

「三の刻発のルオテスマ行きの船に乗るんだけど、間に合いそう？」

青年の問いに、御者が「問題ない」と頷いた。青年は御者に乗車賃を渡し、馬車へと乗り込む。物陰に隠れてその様子を見つめるルークは、侍女と護衛に再び声をかけられるまで、地面に足を縫いつけられたかのように立ち尽くしていた。


屋敷に戻ったルークは、買ってきた無花果を侍女に預け、玄関広間から続く半円形の階段を悶々とした思いで上った。頭の中に浮かぶのはあの青年だ。

小柄な体軀に美しい容姿、堆肥にしかならないと思われているフィダフ草を大量に持ち帰る様子。そのどれもが、彼がサーゲルに属するオメガだと示しているように思えてならなかった。

（他の薬花が見つかったら、俺は一体どうなるんだろう）

番になれる薬花が屋敷に招かれ、役立たずのルークは追放されるのだろうか。

不器用だが誠実なオーウェンが、そんなふうに手のひらを返す姿は想像がつかない。けれど国王や、彼の部下である兵士たちはどうだろう。シェリーだって、オーウェンと番関係を結ばないことに納得できずにいたのだ。

オーウェンの部屋がある二階にたどり着いたものの、廊下を進む足取りは重かった。それでもルークは彼に会わないわけにはいかない。

(「獣神を助けたい」っていうシェリーの発言について、ちゃんと確認しないと)

オーウェンが怪我を負ってから幾度となく通った部屋の前に立つ。ノックをしようとしたが、中から漏れてきた話し声により、先客がいることを察した。

「いつまで悠長にしているおつもりなのです！　ルーク様と番になれないのでしたら、一刻も早く他の薬花を探すべきと再三申しているでしょう！」

自分の名前が挙げられ、ルークはギクリとした。室内にいる人物は、ルークがまさに危惧していたことを訴えている。

「俺はルーク以外の薬花と番うつもりはない」

うんざりとした調子で答えたのはオーウェンだ。扉に耳を寄せると複数の男性がオーウェンと話しているのだと分かる。

「事態はもう随分と深刻化しているのです！」

「カムハダンの連中は自慢の軍事力に加え、獣神に対抗するために力のある呪術師を招いたと聞いています」

「次のカムハダンとの戦いは間違いなく熾烈《しれつ》なものになります。そうなれば、今度こそ獣神様の心身が限界を迎えられることは、ご自身が一番よくお分かりでしょう⁉」

「あなたが獣に心を蝕《むしば》まれ、パラビストに害をなす存在となったときは、我々の手であなたを討たねばならないのですよ⁉」

耳に飛び込んでくる言葉の応酬を、ルークはすぐに呑み込めなかった。頭の中が真っ白に塗りつぶされ、彼らが話している内容がまるで理解できない。

考えるより先に扉の取っ手を握り、ルークは部屋に入っていた。

「獣に心を蝕まれるって……、オーウェンが討たれるってどういう意味だ……？」

呆然と尋ねると、紺色の天蓋が設置された寝台で上体を起こしていたオーウェンや、その横にいた三名の神官が弾かれたようにルークを見た。誰も二の句が継げず、部屋の空気が一瞬にして凍りつく。

「ルークと話をする。二人にしてくれ」

重たい沈黙を破ったのはオーウェンだった。神官たちは口を開きかけるが、睨みを利かせたオーウェンがそれを許さなかった。

「獣に変化する力を持って生まれ、獣神としてパラビストに尽くし、パラビストの兵士に討たれて生涯を終えることは、この国で生まれ育つ者にとって最上の誉れだ。……そう刷り込んできたのはお前ら神官だろう？　己の言葉に最後まで責任を持て。パラビストで最も長く戦った獣神がその職務をまっとうする瞬間を、その目と心に刻みつけろ」

鋭く冷ややかな言葉には底知れぬ怒りが込められていた。神官たちは言葉を失い、逃げるように部屋をあとにした。

離れていく足音を遠くに聞きながら、ルークはいまだ扉の前から離れられないでいた。オーウェンが苦笑を漏らし、「おいで」と告げる。それでようやく足が動いた。

寝台のそばまでやってきたルークを見上げ、オーウェンは眉尻を下げて困ったように微笑んだ。ルークの細い手首に指を絡めると、手を口許まで運び、先端に唇を寄せる。

「外出中だと思っていた。すまない、動揺しただろう」

「話って、なんの……」

「俺たち三大貴族が受けた、獣人の呪いについての話だ」

三〇〇年前、三大貴族は騙し討ちによって獣人を制圧し、パラビストの東西統一に成功した。しかしその後、三大貴族には奇妙な子供が生まれるようになった。獣の特徴を持った赤子だ。

人間と獣の両方の姿に身を変えることができる彼らは、圧倒的な戦闘能力を持ち合わせていた。

この獣の子は、獣人に勝利した自分たちへの「祝福」だろう。人間たちはそう都合よく解釈した。国王の命により、獣の部位を持つ人間を生きた神・獣神として崇め、パラビストの戦力とした。彼らは三大貴族の血筋にしか生まれなかったので、信仰の対象とすることで、国権の中枢《ちゅうすう》にいる三大貴族の力をより強める狙いもあった。

自分たちが神として讃えていたものが、無残に殺された獣人による恨みの産物だと気づいたのは、初代獣神が戦いに駆り出されるようになり十年が経った頃だった。

「それまでは本人の意思で人間に戻れていた獣神が、獣化の時間が長引くにつれてなかなか獣化が解けなくなったんだ」

最初はあまり問題視されなかった。しかし次第に人間の理性よりも獣の本能が勝った状態に陥り始めた。

人間の血肉を求めて暴れるようにさえなり、とうとうパラビストの兵士に被害が出た。敵も味方も関係なく無作為に獲物を狩る獣はもう神ではなかった。

本能のまま暴れ狂う獣はパラビストの兵士により討たれた。国益だと喜ばれていた存在は自国に害をなす災いに変わる。騙し討ちによって滅ぼされた獣人は、騙し討ちによって人間を滅ぼすべく三大貴族を呪ったのだ。

「……だが、獣神の威光を借りて権力を増大させた三大貴族は、自分たちが呪われた血筋だと認めるわけにはいかなかった。国としても、手に入れた戦力を利用したい思惑があった。貴族たちは国や神官と共謀し、錯乱した獣を討伐した事実を『役目をまっとうした獣神は肉体を手放し本物の神となった』という話に作り替えた」

初代獣神の他にもすでに獣の部位を持つ子が二人生まれていて、どちらも「獣の神子」

と呼び、信仰の対象として国民に知らせている。もうあとには引けなかった。

こうしてパラビストの三大貴族と国と神官は、「呪い」を「祝福」と偽り、獣化能力のある者を戦力として使い続けた。

獣神が最終的に人間としての理性を失い、自国の兵士によって討たれることを知っているのは、神官と国王、獣神の関係者のみ。国民は、獣神としての役目をまっとうした者は力を使い果たし自然と息を引き取ると思っている。

だが、薬花と番になれば別だ。力を失うことはなく、獣神として役目を果たし続けることができる。だからこそパラビストの国民はルークという花嫁をあれほどまでに歓迎しているのだろう。

「獣神が『薬花』と呼ばれるオメガと番になったのは偶然だった。彼らの体液に獣化を解く効能があることや、彼らと番になった獣神は獣に自我を蝕まれることがないと分かったが……救われるのは番った本人のみで、獣人の呪い自体が解けることはなかった」

完全に自我を失うのは、獣神に就任してからおおよそ十年後と言われている。個体差もあるが、獣化した累計時間が大きく関係しているらしく、一回の戦を早く終えられる者はそれだけ長く理性を保つことができた。

オーウェンの在任期間が十六年という長期間に及ぶのは、それだけオーウェンが高い戦闘力を有しているためだ。だからこそ神官たちはオーウェンと薬花を番にさせようと躍起になっているのだと、彼は自嘲気味に告げた。

「俺たちは神でもなんでもない。呪いの力を戦力として搾取されているだけのまがい物だ。そして、歴代の獣神よりも長く生き延びてきた俺にも死が近づいている」

オーウェンは深く息を吸い込むと、まぶたを伏せて溜め込んだ澱《おり》を吐き出すように息を漏らす。繋いだ手を握り直し、再びルークに顔を向けた。

「俺はすでに獣の本能に自我を蝕まれつつある。次に大きな戦いがあれば、ルークの体液を得たところで今度こそ人間に戻れないだろう。敵国に勝っても、俺は自国の兵士に討たれ生涯を終える」

澄んだ金色の瞳には、死に対する恐怖も、理不尽な境遇への怒りもなかった。ただ淡々と己の運命を受け入れる姿は、出会ったばかりの頃の彼を彷彿とさせる。

「……獣の神子が、離乳を済ませたらすぐに親から引き離されるのって……」

「この世への未練を作らないためだ。家族に愛された記憶が残っていると、死に対し恐怖が生まれる。同じ理由で、身の回りの世話を焼く従者や神官も、獣神や神子とは極力心を通わせないことが望ましいとされている」

オーウェンはやはり抑揚のない声で答えた。ルークは奈落の底に突き落とされたかのような気持ちになる。

オーウェンが人間らしい情緒を持たずに大人になったのは、そういうふうに育てられていたからだ。テッドも同様だろう。シェリーは、自分たちに降りかかっているものが呪いであることを恐らく理解している。

失神する直前のように足に力が入らず、指先が冷えて感覚がなくなる。カタカタと全身を震わせるルークを、オーウェンは静かに見つめていた。

「今……この国は、カムハダンと戦ってるのか……?」

神官が口にした国名を思い出し、ルークは渇いた喉から懸命に言葉をしぼり出した。

「カムハダンは表面的には敵意がないように振る舞っていたが、これまでもパラビストを侵略するべく戦いを仕掛けてきていた。他国の仕業に偽装して」

「他国の……?」

「圧倒的な軍事力を誇りながら、小国のパラビストを落とせずにいることを知られたくないのだろう。兵士たちは他国の紋章が入った防具をまとっているが、獣神の嗅覚は誤魔化せない。奴らはカムハダンの土の匂いを漂わせている」

薬花を探すため、カムハダンに入国していたオーウェンだからこそ分かるのだろう。あの強国と戦うのだとしたら、獣化する時間が長引くのは間違いない。

オーウェンの死が避けられないものだと悟り、ルークは膝からくずおれた。俯くルークの頬に大きな手が添えられ、「大丈夫か……?」と気遣わしげな声がかけられる。ルークよりもオーウェンのほうがずっと落ち着き払っている。

死の運命に抗う気のない姿がやるせなくて、悲しくて、ルークは堪らず声を荒らげた。

「俺とは番になれないって分かってたくせに、どうして俺を屋敷に置き続けたんだよ!?　神官たちが言うように早く新しい薬花を探せばよかっただろ！」

城下町で見かけた青年のように、フィダフ草を集めているオメガがいればサーゲルに属している可能性がある……という程度の情報はルークも持ち得ていた。それなのにオーウェンは、ルークからサーゲルについて詳しく聞き出そうとはしなかった。

「薬花の体液は獣化を解き、番えば獣に本能を蝕まれなくなる。だが薬花は、獣神との相性によって強く作用しすぎる場合がある。薬花と番ったために、獣化能力が消滅した獣神もいた。俺が獣神としての力を失えば、次はシェリー、いずれはテッドが獣神の役目を担う羽目になる。せめて俺の代でカムハダンとけりをつけておきたい」

戦いに同行したいと訴えたシェリーをオーウェンは拒んでいた。シェリーにはきっと、オーウェンの獣化時間を少しでも短く済ませ、死の期日を引き延ばそうという目論見があったのだ。

それと同じことをオーウェンもまた考えていた。

「自分の獣神の在任期間を延ばすことで、シェリーとテッドの命を少しでも長らえようとしたのか」

他の薬花と番うことで獣化能力を失い、シェリーの獣神就任を早める可能性があるなら、ルークの体液を使い少しでも長く獣神の役目を担おうと考えた。そして敵であるカムハダンを討つ。現在パラビストを狙っているのはカムハダンだけなので、その脅威を打ち払うことができれば、当面は平和が保たれるはずだ。

つまり、番になれないルークこそ、オーウェンにとっては都合がよかったのだ。

出会ったばかりの頃は、冷徹で傲慢な、他人の痛みなど分からない男だと思っていた。けれどオーウェンがただ不器用なだけということは、……そうならざるを得ない育てられ方をしたということは、ルークももう分かっている。

オーウェンはその鉄壁の無表情の下に、王国の犠牲になっている憐れな子供たちを少しでも長く生かそうという、強い決意を秘めていたのだ。

「なんで……、なんでそんな大事なことを黙ってるんだよ……ちゃんと言ってくれたら、俺だって……」

寝台の縁に縋るように手を載せ、ルークは深くうなだれた。オーウェンが他のオメガと番う姿を見たくないからと、つまらない嫉妬心のせいで薬花かもしれない青年を見かけたにもかかわらず報告を躊躇っていた自分に呆れる。

自己嫌悪の念を抱くルークの頭に大きな手が触れ、壊れものに触れるかのような繊細な仕草で髪を撫でていく。無骨で、固くて、けれど優しく温かい手のひらは、オーウェンの人となりをそのまま表しているようだ。

「ルークが世話焼きで心優しく、強気な振る舞いの裏に寂しさを隠していることは分かっていた。俺の死に対し、俺以上に怯えてくれることは容易に想像がついた。……だからどうしても言えなかった」

顔を見なくても、オーウェンが眉尻を下げて微笑んでいる様子が想像できる。彼の声で、まとう雰囲気で、わずかに動く表情で、ルークは彼の感情の変化を読み解けるようになった。この屋敷に来て四ヵ月の間、ずっと彼を見てきたから。

(……サーゲルを探そう)

胸の内に灯った小さな火は、みるみるうちに大きく燃え上がり、ルークを奮い立たせる炎になる。

(サーゲルをパラビストに移住させられれば、薬花と番ってオーウェンの獣化能力がなくなったとしても、次の獣神になるシェリーの花嫁候補である薬花がすぐ見つけられる。それならオーウェンだってなんの文句もないはずだ)

オーウェンを助けたい。そう思った。

たとえオーウェンが他のオメガと寄り添う姿を前に、心の奥底がじくじくと膿《う》んで鈍い痛みを発したとしても、彼を失うことよりも深い絶望なんてあるはずがないのだから。

パラビストから船に乗り、三時間ほど波に揺られたところにある大陸の東側に、ルオテスマ王国はあった。

パラビストの豊かな資源を目当てに周辺国がこぞって侵略を企てる中、ルオテスマは一度もパラビストに戦いを仕掛けたことがなかった。今ではパラビストにとって一番の友好国となっていて、日に二便ルオテスマ行きの定期船が出ていた。

パラビストのようにオメガを尊ぶほどではないが、差別意識が強くはないため、オメガにとっても比較的暮らしやすい国と言える。少なくともカムハダンのように人身売買は横行していない。

(サーゲルが国を跨いだ大移動をしてたとは。カムハダンは自国のアルファのための資源として、オメガが国の外に出るのを許していないのに)

ルオテスマの南東にある町でルークは小さな食堂に入り、二人がけの卓に一人でつき、甘みのある茶を飲んでいた。耳の後ろで編んだ髪を解き、草を煮出して作った薬剤で一時的に髪色を赤茶に染めた。そのうえで大判の襟巻きをまとい顔の下半分を隠している。

顔見知りと鉢合わせするのはまずいと思い変装をしたのだが、すぐそばの円卓についている三人にルークを知る人物はいなかった。

そこには、パラビストの城下町で見かけた例の青年がいた。年若い女性と、二人より十歳ほど年上と思われる男性の三人で話している。

三人とも首元が隠れる服装をしているのは、オメガ特有の首輪を隠すためだろう。発情の際に、誘惑香に引き寄せられたアルファと望まぬ番関係にならないよう、番持ちではないオメガは固い革製の首輪でうなじを守るのだ。

「パラビストはどうだった？」

女性が青年に声をかけると、彼は「そうだな」と口を開く。

「悪くなさそうだったよ。露天商や住民とおしゃべりをして探りを入れてみたけど、オメガに対しても優しい印象だったし、海が近いからフィダフ草も手に入る。ただパラビスト特有の神様に対する信仰心によって団結してる印象だから、余所者を受け入れるかどうかは微妙なところだな」

「十六人が移り住むってなれば、小さな国ほど難しいよな」

「カムハダンを脱出するのも苦労したからね……。数ヵ月かけてばらばらに国外に出て、また落ち合うのに随分かかった。連絡が取れなくなった人もいるし」

「あのままカムハダンに居続けるよりはましでしょ。皇帝の暴君ぶりは国内外から不興を買っていたけど、最近は怪しげな連中が城内に入り浸ってるせいで、宮廷貴族の不満も爆発寸前だと聞いたわ」

「いつ内乱が起こってもおかしくないな」

カムハダンを脱出して気がゆるんでいるのか、三人は饒舌《じょうぜつ》に語った。

「とにかく、みんなでまた助け合って生きていけるよう、心安らげる場所を探そう」

年上の男性が神妙な面持ちで会話を締めた。三人が連れ立って食堂をあとにしたのち、ややあってルークも退店した。

レンガ造りの食堂の前に立ったルークに近づいてきたのは、丈の長い外套をまとい帽子を深く被ったシェリーだ。彼女の後ろには一般人に扮《ふん》した護衛が控えている。

「まったく。こんな地味な格好をさせられたのは初めてだわ」

「しょうがないだろ、アルファは立っているだけで人目を引いちまうんだから」

露骨に溜め息をつくシェリーにルークは苦笑した。

「……で、見つかった？」

「少なくとも三人の薬花がこの町にいる」

獣神の真実をルークが知ったのは今から一ヵ月前のことだ。オーウェンの命を救うためには協力者が必要だと考えたルークは、シェリーにすべてを打ち明けた。

自分は発情しないオメガであるため、番になってくれる薬花を探さなくてはならないこと。その薬花がルオテスマにいるかもしれないこと。彼らをパラビストに移住させれば、番にする薬花を探し回る必要も、獣人の呪いに怯える必要もなくなること。

シェリーはオーウェンを慕っているので、知れば喜んで協力してくれるかと思った。けれどルークの話を聞いたシェリーはひどく困惑し、表情を曇らせた。

それでも力は貸してくれるようで、ルオテスマに赴いてルークが城下町で見かけた青年を探すよう、諜報員《ちょうほういん》に秘密裏に指示を出した。この町の情報を得たのが一週間ほど前で、オーウェンが一日中屋敷を空ける日を狙って最小限の人数でルオテスマにやってきたというわけだ。

パラビストに戻る船に乗るため船着場へ向かうルークは、食堂で盗み聞きしたサーゲルの現状をシェリーに伝えた。

「彼らはカムハダンから脱出し、また仲間たちと寄り添って生きていくための地を探しているというわけね？」

「ああ。パラビストにもいい印象を持ってるみたいだった。カムハダンでオメガ狩りに怯えていたから、アルファへの嫌悪感が強いけど……パラビストのアルファはオメガを丁重に扱ってくれると分かれば、番になることも了承してもらえると思う」

オーウェンは、足を負傷しているルークを背負ってまで、星空を見せに連れ出してくれた。第二の性を理由にルークを蔑む商人には、心の底から怒ってくれた。それから、危険を顧みず母親の形見である耳飾りを取りに行ってくれたこと。

彼の優しさが他のオメガにも向けられる様子を想像すると、それだけで胸がつぶれてしまいそうになる。心の奥に沈殿していく澱から目を背け、ルークはきゅっと唇を結んだ。

その横顔をちらりと見たシェリーが、なにか思案するように口を閉ざす。間ができたのは一瞬で、すぐにシェリーが溜め息を漏らした。

「先に言っておくけどね。わたしは獣の神子だから、ルークと獣神様のどちらを優先するかと言われたら、そのときは獣神様を選ぶわよ」

どんなにルークが憐れでも、オーウェンを生かす方法を優先するという意味なのだろう。どこか突き放すような物言いのシェリーに、ルークは「そうしてくれ」と苦笑した。


屋敷にあるオーウェンの執務室は、奥に書き物をするための机が、手前に革張りの長椅子が二脚向かい合わせに設置され、その間に脚の短い卓が置かれていた。

長椅子に腰かけたルークは、正面に座るオーウェンにサーゲルの現状について報告した。転落事故から二ヵ月弱しか経っていないが、オーウェンはすでに仕事に復帰している。カムハダンの怪しい動きに対し、対策を練るのに忙しいようだ。

「そうか、ルオテスマに……。どれほどカムハダンを探しても見つからないはずだ」

神妙な面持ちで頷くオーウェンに、ルークは前のめりになって告げる。

「サーゲルのオメガたちに、パラビストに来てもらえないか交渉してみないか？　もしかしたら顔見知りもまだいるかもしれないし、俺が交渉役を務めるよ」

薬花である彼らを獣神の番に宛がうことについては口に出さなかった。真面目で不器用なオーウェンのことだ。将来的にシェリーとテッドを薬花と番わせることには賛成しても、恋仲になったルークへの気遣いから、自分が他の薬花を番にすることは渋る可能性がある。

とはいえ、薬花を探し続けていたのは他ならぬオーウェンだ。サーゲルの移住計画について語った時点でルークの思惑に気づいているだろう。彼の反応が気がかりで、ルークは鳩尾《みぞおち》にぐっと力を込めた。

しかし浅く息を吐いたオーウェンは、長椅子の背もたれに身を預けると思いがけない返事をした。

「早速ルオテスマに人を遣わせ、サーゲルについてより詳細な調査を行おう」

あっさりと了承され、ルークは肩透かしを食らった気分になった。オーウェンを説得するべく腹の中に溜め込んでいた様々な台詞が、行き場を失いぐるぐるとさまよう。

彼が拒絶したとしても、サーゲルの移住に成功すればやりようはいくらでもあると考えていた。オーウェンの番になってくれる薬花を秘密裏に募り、発情したオメガを彼の部屋に送り込めばいい。アルファを惑わす強烈な誘惑香の前では、恋仲の相手への誓い立てなど無意味だろう。神官たちは協力してくれるはずだ。

そんな卑怯《ひきょう》な手まで画策していたのに、実行する必要がまったくなかったことにルークは失笑する。

（……違う。拒否してほしかったんだ、俺は）

身勝手にも傷ついている自分に気づき、己の愚かさに心底呆れた。

オーウェンの命を救うためなら、他のオメガと番うことくらい大した問題ではないと思っていた。彼に抱かれた印である噛み跡をうなじにつけたオメガが、オーウェンの隣ではにかんでいたとしても、胸の痛みに気づかない振りをできると思っていた。

けれど本当はどこかで期待していた。「ルーク以外の薬花と番うつもりはない」と、断言してくれることを。

(馬鹿だな。オーウェンの判断は獣神として正しいのに)

サーゲルの移住計画はオーウェンにとって利点しかないのに、なぜ難色を示すと思っていたのだろう。オメガとしての役割も果たせない、役立たずの自分のために。

「よかった。それならすぐにでも動き出そう。次の戦いまでそんなに猶予もなさそうなんだろ?」

降り積もった澱が心を淀《よど》ませていくのを感じながら、ルークはあくまで平然とした顔で告げた。誰にも頼らず生きてきてよかったなと思う。母を亡くして以降、孤独を誤魔化す方法なら数えきれないほど身につけてきた。

「いや、その前にやるべきことがある」

これ以上苦しくなる前にさっさと話を進めようと考えていたルークに、オーウェンはまたもや思いがけないことを言った。

「俺とルークの婚礼の儀を急ぎ執り行おう」

「は……、えっ？」

なぜ今の話の流れからルークとの婚礼の儀に結びつくのかさっぱり分からない。

「サーゲルの面々が危惧しているとおり、パラビストは小国ゆえに人々の団結が強く、他国から移住してきた者を警戒しがちだ。しかし獣神の慶事の直後なら、薬花との結びつきをより強めるため……とでも理由をつけて十数名のオメガを一度に移住させたとしても、すんなり受け入れられるだろう」

オーウェンの見解は、たった数ヵ月この国で過ごしたルークよりよほど的確だろう。しかし、婚礼の儀から間を置かずに他の薬花を番に迎えたことが知られたら、オーウェンが国民から顰蹙《ひんしゅく》を買う可能性もあるのではないか。

（いや……そのときは俺がこっそりパラビストを立ち去ればいいのか）

ルークが不慮の事故で命を落としたことにすれば、獣神としての務めを理由に他の薬花と番うのもやむなしと見なされるだろう。

「分かった」とルークが首肯すると、オーウェンは安堵した様子で表情をゆるめた。その日初めて目にする穏やかな顔に胸が鈍く痛み、ルークは太股の上で密かに拳を握りしめた。

執務室をあとにしてから二時間ほど経った頃に侍従長がルークの部屋を訪れたと思ったら、そこからはもう怒濤の日々だった。

婚礼の儀の衣装を作るべく仕立屋が採寸をし、シェリーと侍従長が意見を出し合い、四日後には仮縫いした衣装ができあがった。仕立屋が血走った目の下に隈《くま》を作っていたところを見ると、通常の日程とは比べものにならない速度なのだろう。

その二日後には本縫いされたものが届き、最終調整を加えたものをまとってルークは今馬車に揺られている。深紅の車体に流線形の紋様を描いた、婚礼用と一目で分かる華やかな馬車だ。

「着いたぞ」

例のごとく先に降りて手を差し伸べてくるオーウェンは、深い青地に豪奢な刺繍を施した上着に、脚の長さを引き立たせる細身の下衣、左右非対称の意匠の羽織に身を包んでいた。重たい黒髪を上げているためか、鋭く印象強い目許がより強調されている。

白手袋を着けた彼の手に自分の手を重ね、ルークは丈の長い上着の裾を摘みつつ馬車を降りた。そこは城下町の入口にある停車場だった。

先に到着していた兵士たちが馬車の周囲に等間隔で並んでいた。随分警備が厳重だな……と思ったらそれもそのはずで、ごく平凡な一日を過ごす予定だった人々が、婚礼用の衣服をまとって登場したオーウェンとルークに唖然としている。

周囲に一瞬の沈黙が落ち、直後に喜びと混乱の声が同時にあがった。

「じっ……獣神様と薬花様の婚礼の儀が行われるなんて誰か聞いてたか⁉」

「まさか！　知ってたら何日も前から祝祭の準備をしてたよ！」

「とにかく町中に知らせてこい！」

「花売りは何人来てる⁉　あるだけ花を買い占めろ！」

「酒場の店主に店を開けるよう伝えてこないと！」

ワーワーと大騒ぎし始める人々に、ルークは隣に立つ男を呆れた顔で見上げた。

「知らせてなかったのか？」

「なにせ急遽《きゆうきよ》決めたものでな。いかに準備期間を短くできるかにすべての労力を割いたため、周知する時間がなかった」

涼しい顔で説明するオーウェンに、国民だけでなくルークまで混乱した。

ルークとの婚礼の儀はあくまでサーゲルを移住させるための理由作りだ。サーゲルの調査を行い、接触を図って移住の交渉を進めながら、同時進行で婚礼の儀の準備をするものだと思っていた。それなのにこの一週間、従者たちは婚礼の儀の準備にかかりきりで、移住計画が進められている気配は少しも感じられなかった。

いいのかこれで……とルークがぐるぐる考え込む中、少し離れた場所に立っている女性二人が、うっとりとした溜め息を漏らした。

「花嫁様、なんて素敵なの……」

「純白の衣装と薄紫の花が、美しいお姿に本当によくお似合いだわ」

過分な褒め言葉にルークは思わず目尻を赤く染めた。

腹部を帯革でしぼった純白の上着は、後ろ身頃が地面に引きずるほどの長さになっていた。品のよい艶のある生地で作られ、裾が波打つ作りになっているため、細身の下衣を穿いているものの角度によってはドレスのようにも見える。

胸元には銀色の糸で繊細な刺繍が施され、首に巻いたレースの飾り布がより華やかな印象を強めていた。複雑な編み方をされた銀色の髪には、薄紫の花がいくつも挿し込まれ、後頭部から背中にかけて透きとおった薄いベールが垂れている。

「ほらな。言ったとおりだろう？　皆ルークの美しさに目を奪われている」

さりげなく腰に手を添えてきたオーウェンが満足げに囁《ささや》くので、ルークはますます居たたまれなくなった。着替えを終えたルークと対面した際も、従者たちの前で言葉を尽くして褒めるので、あまりの恥ずかしさに「そういうのいいから！」と慌てて制止したのだ。

ルークへの称賛をまるで我がことのように誇る彼を見ていたら、サーゲルの移住計画やオーウェンが無事他の薬花と番えるかなど、あれこれ一人で悩んでいるのが馬鹿らしくなった。肩から力が抜け、ルークもふっと笑みをこぼす。

自分はいずれ他の薬花と取って代わられる、仮初《かりそ》めの花嫁だ。そんなことは分かっている。

けれど自分を褒めてくれるオーウェンの言葉に、嘘がないこともまた分かっている。

だとしたら今だけは余計なことは考えず、オーウェンと過ごす時間を素直に楽しみたいと思った。彼の花嫁として隣に並んだ記憶を脳裏に刻みつけておきたい。ひっそりとパラビストを去ることになったとしても、きっとその幸せな一瞬を心の支えにして生きていけるから。

遅れてやってきた馬車から、華やかな衣装に身を包んだシェリーとテッドが降りてきた。テッドはルークの後ろに回ると、長い上着の裾を引きずらないよう腕に抱えてくれる。

「ありがとう、テッド」

「はなよめ様、とってもきれいです。はなよめ様はいっつもきれいですけど、今日はいちばん、とくべつにきれいです！」

ぱっと表情を輝かせて笑むテッドは年相応な印象で、出会ったときのようなおどおどした雰囲気は感じられなかった。シェリーはルークとオーウェンの前に移動して、「さあ参りましょう」と先導してくれる。

先に城下町に足を踏み入れた兵士たちによって、普段は混雑している大通りの中央に、ルークたちが歩けるだけの空間が作られていた。道の左右には見物人が詰めかけ、主役二人をそわそわした様子で見守っている。オーウェンが肘を突き出してきたので、腕の内側に手を絡め、ゆっくりとした足取りで歩き始めた。

オーウェンと城下町を訪れたときの記憶がよみがえるが、あのときのような、初めて目にする花嫁にどんな態度で接したらいいか分からない……といった空気は感じなかった。兵士たちの後ろから顔を覗かせる民は一様に楽しげで、ルークに向かって「花嫁様ー！」と手を振ってみせる。

「おめでとう、花嫁様！」

「獣神様をよろしくお願いしまーす！」

「また俺の店に飯を食いに来てくれよ～！」

道のあちこちから気さくに声をかけられ、真面目な表情を作ろうとしていたルークも堪らず笑ってしまう。

「仮にも神様の婚礼の儀なのに、こんなに陽気な雰囲気でいいのか？　神聖な儀式っていうよりただのお祭り騒ぎになってんだろ」

「ただの獣神と薬花の婚礼ならもっと厳かな儀式になったのだろうが、なにせその花嫁はルークだからな。気高く近寄りがたいというよりも、気安く声をかけられる親しみやすい貴人という印象だから、誰もがルークの慶事を心から喜んでいるんだ」

「……それ、褒めてんのか貶《けな》してんのかどっちだよ？」

「褒めているに決まっているだろう。ルークが誰からも慕われている証拠だ」

祝いの言葉があちこちから飛び交う中、ルークとオーウェンは身を寄せ合って秘密の会話をした。軽口を叩いたら大真面目な答えが返ってきて、その少しばかりずれたやりとり

がおかしくてルークはますます笑ってしまう。

オーウェンもまた楽しそうにしていて、神聖な雰囲気とは言いがたいが、こうやって多くの国民から祝福される婚礼のほうが嬉しいとルークは思った。

やがてたどり着いたのは、町の中心にある円形の広場だった。大通りと同様、中央にだけ空間が生まれ、その周りを見物客がぐるりと囲っている。

ルークとオーウェンを並んで立たせたシェリーは、ルークたちに体の正面を向けるとテッドに声をかけた。テッドがシェリーの横に移動し背筋を伸ばす。

シェリーが深く息を吸うと、見物客の賑わいが水を打ったように静かになった。オーウェンをまっすぐに見つめ、シェリーが凛《りん》とした佇《たたず》まいで口を開く。

「獣神、オーウェン・ブラックウェル。あなたの誓いを、次期獣神シェリー・ガーネットが、我々に祝福を与えし獣人に代わり聞き届けましょう」

「同じく、テッド・ヘイゼルがききとどけましょう」

ゆるやかなすじ雲が浮かぶ秋空は透きとおるような青で、石畳の上にやわらかな陽光を注いでいた。澄んだ空気の中、シェリーとテッドの声はよく響いて、お祭り騒ぎの様相から厳かな儀式へと雰囲気を一変させる。

「――黒狼の祝福を賜りし獣神、オーウェン・ブラックウェル。許しを得て、今ここに獣人への誓いを立てる」

すぐ隣から聞こえてきた深みのある低い声は、ルークの肌をビリビリと震わせた。ルークだけではない。広場にいる誰もが、その不思議な求心力を持つ声に、呼吸すら忘れて耳を傾けている。

「オーウェン・ブラックウェルは、我が生涯でたった一人の伴侶であり、番として、ルークだけを慈しむことを誓う。この先どんな苦しみが待ち受けていようと、決して彼を裏切らず、この魂が尽きるまでルークにのみ永遠の愛を注ぐ」

その宣言は熱烈で、力強く、少しも揺らぐ素振りはなかった。

演技の一つもできない男かと思っていたが、なんだ、意外とうまいじゃないかと、ルークは無性にまぶたの裏が熱くなるのを感じ慌てて唇を噛みしめた。

ふいに、彼の腕に絡めた手に、長い指が触れた。手袋越しに伝わってくる体温に、ルークはそっと隣の男を見上げる。

ルークの視線に気づいたオーウェンは、眩《まぶ》しいものでも前にしたかのように目を眇《すが》めた。その愛しげな瞳に胸がきゅうっと軋む。離れがたくなるからそんな目で見ないでほしいと思うのに、同時に、ずっと自分だけを見ていてほしいとも思う。

「薬花、ルーク。彼の誓いを受け入れるなら、あなたから獣神に口付けを」

シェリーに促され、ルークはオーウェンからわずかに身を離した。オーウェンが潜めた声で「場所はどこでもいいんだ。手でも、頬でも」と教えてくれる。

それなら……と、ルークはオーウェンの頰を両手で包み、自分のほうへ引き寄せた。踵《かかと》を浮かせて顔を近づける。まぶたを伏せる直前、すぐそばにある金色の目が驚いたように見開かれて、ざまあみろとルークは悪戯心を満たした。

ざまあみろ。こんなことちっとも予想してなかっただろ。

恨みを買うばかりだった仮初めの花嫁から、オーウェンのためならなんだってできるほどに愛されてしまうなんて。

唇を重ねる二人に、それまで静かだった広場がワッと歓喜に沸いた。口付けを解いて周囲に目をやると、色とりどりの花がルークとオーウェンのもとに一斉に投げ込まれる。

花は種類も大きさも異なるうえ、野花なども見受けられた。二人を祝うために慌てて掻き集めたのだと思うと、ルークはその不揃《ふぞろ》いな花たちが愛しくて堪らなかった。

「幸せだな」

沸き立つ群衆を眺め、オーウェンがぽつりと漏らした。大きな手がルークの腰に添えられ、体を引き寄せられる。

「俺はこの光景を、生涯を終える瞬間まで忘れないだろう」

「ああ。……俺も」

目の前でやわらかく解ける笑顔に、ルークもまた目許を綻ばせた。今度はオーウェンが顔を傾けてきて、二人の体温を繫げるように唇を触れ合わせる。祝福の渦の中で、ルークとオーウェンは満ち足りた気持ちで身を寄せていた。

婚礼の儀が終わり二人がその場を去っても、城下町では飲めや歌えやの大騒ぎが続いていた。

話を聞きつけた貴族が入れ替わり立ち替わり屋敷を訪れ、祝辞を述べるとともに後日祝いの品を届ける旨を伝えていく。あまりに突然行われた獣神の婚礼は、王国全土を混乱させていた。

(予想の何倍も大事になっちまったけど、本当によかったのか……?)

夕食と湯浴みを終えたルークは、寝間着姿で広い寝台の縁に腰かけていた。オーウェンの部屋は入ってすぐに長椅子と卓があり、その奥に天蓋つきの寝台が設置されている。窓の両脇には天蓋と同じ紺色の窓帷がまとめられていて、床から天井まで一続きになった大きなガラスから闇に沈んだ空が覗いていた。

新婚初夜だからだろうか、湯浴みを手伝った侍女たちによって全身を磨き上げられ、髪には豪奢な芳香を漂わせる香油を塗られた。爪の先まで艶めき、甘い香りをまとっている自分が妙に気恥ずかしい。

そうこうするうちに部屋の扉が開き、湯浴みを済ませたオーウェンが中に入ってきた。たくましい肉体の上にルークと同じ寝間着をまとっていて、目許に垂れた黒髪は水分を含んでしっとりと濡れている。

男らしい色香のある金色の双眸を向けられ、不覚にも心臓が跳ねた。彼の裸なら目にしているし、薬花の務めですでに体も繋げている。それなのに、改めて彼に抱かれるための場を設けられると、ひどく照れてしまう自分がいた。

「あの……大丈夫だったか？　夕方に神官が抗議に来てただろ。『神殿ではなく町中で行った婚礼の儀など認められない』って」

すぐ目の前に立ったオーウェンに、ルークは視線を泳がせつつ声をかけた。

「伝統やしきたりをやたらと重んじる連中だからな。ルークが気にする必要はない」

「いいの？　神殿でやり直しをしなくて」

「俺の誓いは多くの民が耳にしている。やり直しなどできないことは神官たちもよく分かっているはずだ。文句の一つでも言わなければ腹の虫が治まらなかったのだろう」

神官たちにしてみれば、慣例を無視した婚礼など儀式と呼べないのだろう。ばつの悪さを覚えるルークに、オーウェンは小さく苦笑してそっと頭を撫でてきた。

「俺は、俺が守りたい人々に言葉を届けたかった。神官たちにどう思われようと関係ない。ルークが民に慕われているのを肌で感じ、たくさんの人たちが俺たちを祝福してくれて、これほど幸福な婚礼の儀はないと思っている」

オーウェンの言葉には確かな熱と厚みがあって、多くの花が宙を舞う光景に、彼もまた強く胸を打たれたのだと伝わってきた。この世に未練を残さないようにと、感情の変化が乏しくなるような育てられ方をしてきた男とは思えない。

きっと今のオーウェンなら、誰と番になっても彼本来の優しさがきちんと伝わるだろう。

短く息を吸い込んだルークは、傍らに置いていた耳飾りを手に取り腰を上げた。

「この耳飾りをオーウェンにもらってほしい」

両手に載せて差し出すと、オーウェンが驚いた様子で瞠目した。紫色の石が光る耳飾りとルークの顔を交互に見て、躊躇いがちに口を開く。

「……ルークの大切なものなのだろう？」

「うん。体が弱かった母さんが無事に俺を出産できるよう父さんが贈ったもので、その母さんが亡くなる前に俺にお守りとしてくれたんだ」

父から母へ、母からルークへと受け継がれた愛情の印。だからこそルークはこの耳飾りをオーウェンに持っていてほしかった。

愛を知らずに育った孤高の獣神を、無骨だが春の陽だまりのような優しさを持ち合わせた彼を守ってほしかった。パラビストからいなくなる自分の代わりに。

「この先どこへ行ったとしても、俺はオーウェンの幸せを祈ってる。オーウェンに心から愛する家族ができて、年を取っても大切な人たちに囲まれて穏やかに笑っていられるようにって、それだけをずっと祈ってる」

自分は本物の花嫁にはなれなかった。彼の番になることも、子供を産むこともできなかった。それでもオーウェンを愛する気持ちだけは紛れもなく本物だ。

一人寒さに震える夜も、第二の性を理由に侮蔑の言葉をぶつけられても、オーウェンとともに過ごした温かな時間がきっと自分を支えてくれる。同じようにオーウェンの中にもまた、少なからず幸福な思い出が残ってくれたらいいと思う。

凜とした眼差しを向けるルークを見つめ、オーウェンは慎重に耳飾りに触れた。左手に載せ、宝箱に蓋をするように右手を重ねる。

「ありがとう。大切にする。生涯をかけ、ルークと一緒に」

真剣な面持ちで告げられた言葉に、ルークは一瞬の沈黙ののち戸惑いを示した。

サーゲルの移住計画には、オーウェンに別の薬花を番として宛がうことも盛り込まれている。そんなルークの目論見には当然オーウェンも気づいていると思っていたのだが。

「俺……、サーゲルがパラビストに移住したら、この国を出るぞ……？」

「なぜ？」

「なぜ、って……、……オーウェンが他のオメガと番う姿を見ても平気でいられるほど、俺は心が広くないから」

いずれ訪れると分かっている未来だが、いざ口にするとそれは剣のように鋭利な刃でルークの心を裂いた。胸の上に拳を置いて俯くルークに、オーウェンが静かに息を漏らす。

呆れたわけでも、困っているわけでもない、穏やかな感情を孕む吐息だった。

「俺はルーク以外のオメガを番にするつもりはない」

婚礼の儀で誓いを立てたときとなんら変わらない力強い宣言に、ルークは瞳を揺らした。

おずおずとオーウェンを見上げると、艶のある美しい双眸が自分だけに向けられている。

「獣神にとって獣人への誓いは絶対だ。それを覆すことは獣人の顔に泥を塗るのと同じとされている。だからこそ俺は、神殿ではなくより多くの民の前で婚礼の儀を行うことを選んだ。すべての反発を捻りつぶすために」

「……え……？」

オーウェンが語る内容がまるで理解できず、ルークは困惑を露わにした。目を細めたオーウェンが、左手で耳飾りを包んだまま右手を頰に載せてくる。

かさついた親指の腹で肌をなぞられ、触れられた箇所から彼の優しい体温が流れ込む。

「国民の前で俺は誓っただろう？　ルークへの永遠の愛と、決して他の者を番にはしないという決意を。あの言葉は取り消せない。獣人に誓いを立てた以上、たとえルークがパラビストからいなくなったとしても、俺が他のオメガと番うことは許されないんだ」

落ち着いた口調で丁寧に説明され、ルークはようやく事の重大さを悟った。オーウェンの行為に対し神官たちが声を荒らげて抗議した理由を。

他の薬花と番にさせるための布石でもなんでもない。婚礼の儀で誓いの言葉を口にしたあの瞬間、オーウェンが次の戦いで命を落とすことが決まったのだ。番になれないルークを、たった一人の伴侶だと宣言してしまったのだから。

「嘘だろ……？」

脚に力が入らず、ルークはがくりと膝を折ってその場にくずおれた。オーウェンが床に片膝をつき、ルークの肩に右手を置いて支える。

「嘘ではない。すべて本当のことだ」

「すべてって……、すべてってなんだよ……。だってシェリーやテッドは？　この屋敷の従者だって知ってたんじゃないのか？　オーウェンの誓いにどんな意味があるのか」

恋仲の薬花と番にならないということは、なんらかの事情があってそれができないのだろうと、同じ屋敷で二人を見守っていた従者たちはとうに気づいていただろう。テッドはまだ理解できていないかもしれないが、シェリーに至ってはルークから真実を聞いている。それなのにどうして彼らは婚礼の儀に向けて駆け回ってくれたのか。オーウェンがルークへの愛を誓うことは、獣神の死を招く結果に繋がるのに。

「ルークと出会ったことで、獣神としての生き方しか知らなかった俺が、オーウェン・ブラックウェルとして満ち足りた生活を送れるようになるまでの変化をそばで見ていたから。だから誰も反対などしなかった。俺の決断を受け入れ、最後まで付き合ってくれた」

熱のこもった言葉が、オーウェンとの別れを覚悟して乾ききっていた心に注がれ、じわじわと染みていく。

オーウェンを助けたいと泣きじゃくったシェリー。オーウェンに抱き上げられ、まるで父親にされたかのように表情を輝かせたテッド。習わしによりよそよそしい態度を取っていたものの、徐々にオーウェンたちとの絆《きずな》を深めていった従者たち。彼らはオーウェンの幸せを切に願い、身を裂かれるような思いでその決断を受け入れた。

――ルークと獣神様のどちらを優先するかと言われたら、そのときは獣神様を選ぶわよ。

シェリーのあの言葉は、オーウェンを生かす方法を優先するという意味ではなく、オーウェンの意思を優先するという意味だったのだ。

床に手をついてうなだれるルークの二の腕をさすり、オーウェンは事の次第を説明した。

サーゲルの移住計画について聞かされたとき、自分と他の薬花を番わせるのが目的だとすぐに悟ったこと。そのうえで、たとえサーゲルがやってきてもルーク以外のオメガとは番えないよう、あえて国民の目に触れる場所で婚礼の儀を行い先手を打ったこと。

オーウェンが他の薬花と番になれば、この国では太陽の下を歩けなくなる。そういう状況を、オーウェン本人が望んで作り上げた。

「な、んで……、俺はただ、オーウェンを守りたかっただけなのに……っ」

青ざめた顔で全身を細かく震わせるルークを、オーウェンは穏やかな表情で見つめていた。その顔には塵《ちり》ほどの後悔も垣間見えない。ただまっすぐ、真摯に、ルークへの深い愛情だけをたたえている。

「獣神としての務めを考えるなら、他の薬花と番になり、より長い時間をかけてこの国を守っていくべきなのだろう。その未来を選ばなかったのは、ただただ俺の我が儘だ」

だが、とオーウェンは続ける。

「俺はルークを愛してしまった。俺だけのルークであってほしい、自分もまたルークだけのものでありたいと願ってしまった。だから獣神として正しい選択ができなかった」

今にも泣き出しそうな様子で、オーウェンがくしゃりと顔を崩して笑った。そんな複雑な感情を見せてくれる男に彼はいつのまにかなっていた。冷えきっていた心に、初めて知る愛を宿して。

泉が湧くように熱い感情がこんこんと込み上げ、あっという間にルークの薄紫色の双眸を潤ませた。やだな、一秒でも長くオーウェンの顔を見ていたいのに。そう思って瞬きをすると、それは大粒の涙となってルークの目からこぼれ落ちる。次から次へと止めどなく、ぽろぽろと溢れていく。

正面から伸びてきたオーウェンの右腕が背中に回り、ルークの痩身をきつく抱きしめた。ルークからも広い背中に腕を回して抱き返すと、二人の体が深く密着した。

「愛している、ルーク。王国の民よりもたった一人の愛する人を求めた、この愚かな神のそばにいてくれ」

愛する男の腕に抱かれ、ルークは声をあげて泣きじゃくった。頰を伝う涙は熱く、胸の奥底に留めていた感情が煮えたぎり、溢れ出しているかのようだ。

「俺も……っ、お、おれも、オーウェンが好きだ……愛してる……！　なんの役にも立てないけど、オーウェンのそばにいさせてほしい……っ」

彼を想いながらもずっと口に出せずにいた言葉を繰り返し、ルークは肩を上下させてしゃくり上げた。オーウェンがわずかに身を離し、乾く気配のない頰に唇を寄せる。額、目尻、鼻先と、顔中にキスを降らせてルークを宥めた。

胸の内に溜め込んでいた澱をすっかり吐き出してしまうと、彼の手に導かれるまま二人で広い寝台に上がった。

枕元に耳飾りを置いたオーウェンは、寝台の中央にルークを座らせて天蓋の留め具を解いた。厚い紺色の布が降りてきて四方を囲み、広い部屋の中に小さな空間を作る。互いのことだけを見つめていられる、愛を睦み合うための空間だ。

慎重にルークを押し倒したオーウェンが、優しく唇を啄んできた。角度を変えて何度も唇を重ねながら、ルークの寝間着の腰紐を解く。薄い布の下から現れたのは、侍女たちに磨き上げられた白い肌だ。

「美しいな……」

寝台に横たわるルークの裸体を、オーウェンの力強い視線がじっくりとなぞっていくのが分かる。見られたところが火で炙られたように熱くなり、カアッと頬を燃やしてルークは顔を横に向けた。それに気づいたオーウェンが楽しげに目を細める。

「なんだ、恥ずかしいのか」

上体を倒して耳に口付けながら、オーウェンは大きな手で滑らかな肌をたどり始めた。肩に置いた手を指先へと滑らせ、ルークに寝間着の袖から腕を抜かせる。反対側もそうすると、自身も腰紐も解いて寝間着を脱ぎ捨て、一糸まとわぬ姿を晒した。

「は……、恥ずかしくて自分でも驚いてる……。薬花の務めでもう二回も裸を見せてるのに、今さらこんな……緊張するなんて」

再びのしかかってきたオーウェンの背中に腕を回し、ルークは今の心境を素直に吐露した。どんなに強気な態度で否定したとしても、苦しいほどに高鳴る心臓がルークの本心をいとも簡単に暴いてしまうから。

「今夜は獣神として薬花を求めているのではなく、俺の意志でルークを抱くんだ。だからすべて見せてくれ。狼の姿の俺が目にしていた姿を、余すところなくすべて」

どこか嫉妬めいた台詞を漏らすと、オーウェンは背中と寝台の間に腕を入れ、ルークの細い体を掻き抱いた。同時に唇を深く噛み合わせ、肉厚な舌を口腔に差し込んでくる。

「んっ……」

ルークも舌を伸ばし、互いに絡めて愛撫し合った。オーウェンの均整の取れた体がルークの肌によく馴染み、触れ合わせているだけで気持ちいい。

オーウェンの手のひらが背中をたどり、腰を撫で回してから臀部へと下りる。やわらかな双丘を揉みしだかれ、ルークの体は期待に震えた。

濡れた唇を一舐めすると、オーウェンは体を後退させながら首筋から胸にかけて舌を這わせた。ぬめった舌先は胸の上で主張する小さな突起を捕らえ、唾液をまとわせながらぐにぐにとそこを押しつぶしていく。

「あぅ……っ、ぁ、あ」

「可愛いな。赤く色づいて男を誘っている。誰がこの美しい体を淫靡に仕込んだんだ?」

親指と人差し指で周囲の輪ごと左右の突起を摘み、指の腹で捩るように刺激しながら、オーウェンはルークの反応をうかがった。淡い快感が下肢に流れ込んで熱を生み、ルークは堪らず顔の横の敷布を握りしめた。

「んっ、あ……、し、知らない……。オーウェンとしかしたことない……っ」

「狼の俺に舐められてこれほど感じやすい体になったということか?」

見せつけるようにねっとりと乳首をねぶりながら、オーウェンが質問を重ねた。気持ちいいのに焦れったくて、ルークは意地を張る余裕もなくこくこくと頷く。

その返答に満足したかと思いきや、オーウェンは不機嫌も露わに眉間に皺を寄せ、左の突起にきつく吸いついてきた。

「あッ！」

堪らず跳ねた腰をたくましい腕に抱かれ、勃ち上がった中心をオーウェンの体に押しつける。一度直接的な快感を味わってしまうと我慢が利かなくなり、はしたないと分かりながらルークは自ら腰を揺らめかせた。

オーウェンの鍛え上げられた体に中心が擦れ、ルークは快感に息を濡らした。淫らな体を責めるように反対側の乳首も容赦なく吸われ、じんっ……と両側の突起が熱を帯びる。

「ぁんっ……あ、んんっ」

「他の誰もこの体を知らなかったのだと思うと余計に悔しい。全部俺が仕込みたかった」

「だ……から、オーウェンなのに……」

「分かっている。狭量ですまない、自分相手に妬いているだけだ」

思いがけない言葉に驚き、ルークはわずかに頭を起こして声の主を見やった。ルークと視線がぶつかると、オーウェンはさっと目尻を赤らめ、気まずそうに目を逸らす。

子供のように拗《す》ねる表情に、心臓を鷲づかみにされる。六歳も年上の、体軀に恵まれた雄々しい男が、妙に可愛く見えて仕方なくなる。

堪らずオーウェンの頰を手で包んでキスをねだると、形のいい唇で口を塞がれた。じっくりと犯すような口付けをされる。

口腔で蠢く舌を感じながら夢中でオーウェンの体を抱きしめると、全身が汗で湿っていることに気づいた。彼の勇ましい雄は太股の間で強く主張していて、ルークの痴態に煽られたことを示している。

「な……、俺にも触らせて」

隅々まで味わい尽くすようなキスの合間に、ルークはとろんとした表情で囁いた。頬を紅潮させ、快感と期待で瞳を潤ませるルークを無言で見つめ、オーウェンが喉仏を上下させる。そのままルークの手を取ると、下腹部に下ろして二人分の雄を握らせた。

大きさの違う欲望を一心に扱いていると、手の中でどんどんオーウェンのものが育っていくのが分かる。それが嬉しくて、裏筋をぶつけてみたり雁首《かりくび》を擦り合わせてみたりと、様々な方法で手淫を施している間に、右の膝だけを立てさせられた。露わになった蕾に指が触れ、くちゅっという水音とともに体内に入り込んだ。

「あぁ……ッ！」

ルークの後孔はすでにぐっしょりと濡れていて、咥《くわ》え込んだ指をおいしそうにしゃぶっていた。熱く蕩ける内壁も指の腹で擦られるたびに悦び、特に腹側にあるしこりのような部位を掻かれると堪らない疼きを生んでルークを乱す。

指の数を増やされても気持ちがいいばかりで、ぐちゅぐちゅと淫靡な音が体内から漏れるのを聞きながら、ルークは背中を仰け反らせて恍惚の表情を浮かべた。性器を慰めていた手は動きを止めているのに、ルークの中心は透明な体液を漏らし己の腹を汚している。

「あぅん……ひぅっ」

「すごいな。催淫剤を使っていないのにこれほど濡れるとは」

「あっ、ぁ……言うなぁ……っ」

自分でも思っていた点を指摘され、ルークは羞恥に目を潤ませた。薬花の務めのときは、体を昂らせる薬を使っているのだから乱れて当然だと思っていた。けれど今のルークは、ただただオーウェンに抱かれたくて体のあちこちを濡らしている。

「も……、挿れてくれよ。オーウェンのこれ、俺の中に挿れてほしい……」

手の中で漲る雄をすりすりと撫で、ルークはすぐそばにある唇に舌を這わせながら懇願した。オーウェンの力強い目許が細められ、嚙みしめるように唇が引き結ばれる。

指を抜いたオーウェンは上体を起こすと、ルークの太股の裏側をつかんで胸側に押しやった。蜜を漏らす臀部を彼の眼前に晒す格好となり、ルークは頰に熱を上らせる。

「よく見ていろ、ルーク。俺に愛されるために抱かれるところを」

欲情を宿した目を底光りさせ、オーウェンは赤い舌で己の唇を舐めながら言った。濡れた窄《すぼ》まりに切っ先を宛がい、ぐぷぷぷ……と音を漏らして勇ましい雄が侵入してくる。

「あぁ……ッ！」

蕩ける媚肉に突き立てられた怒張が、ルークの体をゆっくりと押し拓いていく。太く長大な肉杭《にくくい》の挿入は息苦しさを伴うのに、同時に内側から溶けていくような強烈な快感をもたらした。

浅い場所にあった快感の種を体の奥へ押し込まれるようだった。丸い先端が深い場所へ入り込むのに従い、ルークは逃げ場を失って仰け反らせた背中をビクビクと震わせる。

最後にズンッと勢いよく突かれるともう駄目だった。オーウェンに挿入されただけで、ルークは堪えが利かず鈴口から白濁を漏らしてしまった。

「ぁ……あふ……っ、ひ……っ」

持ち上げられた脚を細かく痙攣《けいれん》させて絶頂に浸るルークを、オーウェンは満足げに見つめていた。蠕動《ぜんどう》する内壁を味わうように腰を回され、達したばかりの敏感な体は「ひぅっ」と悲鳴を漏らす。

上体を倒したオーウェンは、ルークの膝頭にキスをしつつゆるやかに腰を前後させ始めた。例のしこりに照準を合わせて抉り、直線的な動きから円を描くような動きまで、様々な律動を組み合わせて内壁全体を丹念に刺激する。

優しい抱き方だと思った。自我を失った半獣のときは本能のまま動いていたのに、今のオーウェンはルークの反応をつぶさに観察し、より感じる場所を的確に擦り上げていく。

寝台が軋む音を聞きながら熱に浮かされていたルークは、頬に触れた大きな手のひらにつられ、おもむろにオーウェンを見上げた。星屑《ほしくず》を閉じ込めたかのように艶めく金色の目は、口よりもよほど饒舌にルークへの愛を語っている。

（ああ、……好きだ）

目尻から熱い涙が伝って、ルークは愛しい男の腕の中ではらはらと泣いた。

役立たずの薬花を囲い、生き長らえることよりも愛のために死ぬことを選んだ人。ルーク以外のオメガと番うことを拒んだ、不器用で頑なアルファ。……どこにも居場所を得られず、孤独に生きていたルークに、家族の温もりをくれた男。

「どうした……？　苦しいのか？」

再び泣き出したルークに、オーウェンが戸惑いも露わに動きを止めた。止めどなく溢れる涙を指の背で拭い、宥めるような口付けをくれる。問われた言葉にルークはふるふると頭を振って否定し、それから顔を横に向けた。

汗で肌に貼りつく銀色の髪を指で掻き上げ、首を捻ってうなじを見せる。

「噛んで」

端的な懇願に、さすがのオーウェンも戸惑いを見せた。発情していない体ではアルファに噛まれたところで番にはなれない。いたずらに怪我を負うだけだ。

けれど、それでもいい。

「いずれ消える噛み跡でもいいから、オーウェンの印を俺に刻んでほしい。錯覚でもいいから、オーウェンのオメガだって思わせてほしい」

切々と乞うルークに、オーウェンは言葉が出てこない様子でしばし唇を結んでいた。まぶたを伏せて沈黙したのち、「分かった」と囁く。

ルークの首筋に顔を寄せたオーウェンが、白いうなじに歯を立てた。ピリッとした痛みが皮膚を裂き、思わず眉を寄せる。血が出ているのだろう、噛んだ場所にオーウェンが丹念に舌を這わせた。子猫を舐める犬の図が頭に浮かび、ふふっとルークは笑ってしまう。

その声を聞いたオーウェンが一瞬だけ動きを止め、直後に背中に腕を回してきた。全身を使って抱き竦められ、汗で湿った皮膚が密着する。

彼の体温を直接感じられる心地よさに、ルークはほうっと息を吐いた。

「番になどならなくとも、ルークは俺の……俺だけのオメガだ」

熱のこもった言葉がルークを満たし、いまだかつて感じたことのない多幸感を与えてくれた。これ以上なにも望むものはない。もう十分だ。

オーウェンが自我を失った獣になるのなら、自分は彼の餌になろうと思った。薬花の血肉を得て彼の命が少しでも長らえるならそれでいいし、自我が戻らなかったとしてもオーウェンと二人で逝けるのなら本望だ。

(もう逃げたりしない。最期まで一緒にいるから)

ルークからも広い背中に腕を回し、また一粒涙を落としながらまぶたを伏せた。

恐れていた事態が起こったのは、婚礼の儀から三週間ほど過ぎた頃だった。カムハダンの軍勢が北東の海から攻めてきたのだ。

これまでは他国に偽装して攻撃を仕掛けていたカムハダンだが、パラビストを落とせるという自信の表れだろうか、今回は偽りなく帝国の紋章入りの帆船でやってきた。沖合にたった五隻の帆船を浮かべて。

パラビストの兵士は東南の海辺で身構えるが、彼らを襲ったのは鍛え上げた屈強な兵士ではなかった。夜の闇に沈んだ海から這い上がる、不気味な泥人形だった。

成人男性ほどの大きさの泥人形は、ぐらぐらと体を左右に揺らしながらパラビストに上陸した。腕を振り上げて襲いかかってくるものの、兵士が剣や槍《やり》で斬り裂けば、砂浜に泥水を撒き散らしながら呆気なく崩れる。しかしその数が尋常ではなかった。泥人形の兵はいくら倒しても際限なく海から湧き出て、パラビスト兵の体力と気力を奪っていく。

オーウェンは現場の指揮を執りながら後方に控えていた。同行させてもらったルークは、海を見渡せる岩場に救護班とともに身を潜め、オーウェンの様子をうかがっていた。

オーウェンが獣化して戦うのは最終手段だ。獣化すればもう二度と自我が戻ることはないと、オーウェン本人も、兵士たちも分かっている。

(そのときは俺が真っ先にオーウェンに体を差し出そう)

深紅の外套が海風になびく様子を見つめ、ルークは決意を新たにした。

歴代最長の在任期間を誇るオーウェンは、それだけ高い戦闘能力を持っている。理性を失った彼を討つのは容易ではないだろう。とはいえルークという獲物に気を取られていれば、いくらか隙が生まれるはずだ。オーウェンは自国民を傷つけることを望んでいない。

戦いに動きがあったのは、夜明けが近づいた頃だった。一体いつまで剣を振るい続ければいいのかと、兵士たちの顔に疲労と絶望が滲むのを見計らうように、闇に沈んだ海が奇妙な動きをし始めた。

帆船から砂浜の間の水面が激しく波打ち、得体の知れない巨大な影が波飛沫を立てながらゆっくりと身を起こす。

「なんなんだよ、あれは……」

ルークも救護班の面々とともに息を飲んだ。四つん這いの状態で兵士たちの前に現れたのは、何百体もの泥人形を結集させたような、人型の巨大な泥の怪物だった。

「オオオォオオォ！」

怪物の不気味な咆吼にビリビリと肌が震える。兵士たちは呆然と立ち尽くしていた。人間が太刀打ちできるとは思えない大きさの敵に、戦意を失っている。

怪物はぼたぼたと泥を滴らせながら砂浜に向かって進み始めた。恐怖に身が竦んで兵士たちは逃げることすらできない。その間を縫うように駆けていったのは、狼耳と尻尾を覗かせた半獣姿のオーウェンだった。

最後の獣化によってパラビストを守ろうとしているのだろう。海に向かっていく勇敢な後ろ姿を見ていたルークは、とある異変に気づき、弾かれたように立ち上がった。

「待て、オーウェン！」

明け方にかけて強くなってきた風が、沖合に浮かぶ帆船を煽り、向かって右側の一隻が船首を傾ける。すると泥人形が上から湯をかけられたかのようにどろりと溶けそうになった。泥の怪物も動きを止めている。

「今だ！　この好機を逃さず攻撃を仕掛けろ！」

オーウェンに鼓舞され、兵士たちが「おお！」と声をあげた。直後に、東から太陽の光が差し始める。

水面の一部が白く輝くと、そこに触れていた怪物の左の前足が溶けた。重心が崩れて身動きが取れなくなっている怪物を、朝日が捕らえて放さない。

結局泥の怪物は、パラビストに上陸することなく海の上で崩壊した。他の泥人形も跡形もなく崩れていく。

混乱の中、五隻の帆船は水平線の向こうに消えた。カムハダンの兵を退けることに成功したのか、と喜びかけたところで、オーウェンが「気を抜くのはまだ早い」と鋭く告げる。

「あの泥人形や怪物が夜の間しか生み出せないのだとしたら、日没を待って再び攻撃を仕掛けに来るだろう。皆、よく休み体力を戻しておくように」

オーウェンの言葉に兵士たちは口を閉ざし、沈黙ののちに「承知しました！」「今度こそ敵を討ち取りましょう！」と声高く答えた。人知を超えた存在と再び相まみえるのは恐ろしいが、必死に己を奮い立たせているらしい。

しかしオーウェンは首を横に振った。

「あの怪物には俺一人で挑む。分かってはいるだろうが、これが最後の獣化になるはずだ。皆に討ち取ってほしいのは、自我をなくしてパラビストに牙を剝いた俺だ」

その言葉に兵士たちは水を打ったように静まり返った。砂浜に波が押し寄せる音だけが周囲に響く。ルークもまた固い表情でオーウェンの声を聞いていた。

「パラビストに仇《あだ》をなす者に躊躇などするな。民を守るために死力を尽くして戦い、確実に黒狼の息の根を止めろ」

自分のことを指しているとは思えない冷静な口調で、オーウェンは整然と指示を出した。

「以上だ」と解散を告げてその場をあとにする。しかし兵士たちは、……岩場にいるルークたちも、その場に縫い留められたかのようにしばらくの間身動きが取れなかった。

ルークたちが天幕を張ると、見張り以外の兵士は倒れ込むように眠った。無限に湧く敵と一晩中戦い続け、体力の限界を迎えていたのだろう。

オーウェンは神官をはじめとした呪術・秘術に詳しい者を集め、泥人形がどうやって作られているのかを調べていた。昼過ぎには今後の流れを部下に伝えると、人気のない岩場にいるルークのもとへやってきた。

「少しは眠ったらどうだ？　身が持たないぞ」

心配そうに眉尻を下げるオーウェンに、「それは俺の台詞だろ」とルークは苦笑した。

(別に、体力を残しておく必要もないしな……)

死にゆく運命なのは自分も同じだと、胸の内でひっそりつぶやきながら、ルークはさりげなく話題を変える。

「あの不気味な泥人形について、なにか分かったか？」

「ああ。カムハダンの皇帝のもとに怪しげな呪術師が通っているという話は耳にしていたが、どうやらそいつらが操っているようだ。沖合にいた帆船のうち、右側の船に呪術師が乗っていたのだろう。恐らく船が揺らいだ瞬間に均衡が崩れ、一時的に術が解けたんだ」

「呪術師を倒せば、パラビストの勝利が決まるってことか？」

「その可能性は高い。とはいえ、一度撤退したところを見ると、計画を見破られた可能性を踏まえカムハダンとしてもなにかしら策を練ってくるだろう」

どうやらそう簡単に片づく話でもないようだ。神妙な面持ちのルークに気づいたオーウェンが、沈んだ空気を和ませるように微笑みを見せた。節くれ立った男らしい手をルークの頭に置き、自分のほうへ引き寄せる。

「まだ猶予はある。……時間が許す限り一緒にいよう」

オーウェンの肩口に頭を預ける格好になり、ルークは小さく頷いて答えた。

それから二人は、静かに身を寄せ合って他愛ない話をしたり、互いの肩を借りてうとうととまどろんだりと、普段と変わらない穏やかな時間を過ごした。

オーウェンに声をかける者は誰もいなかった。単純な気まずさからではなく、兵士も神官ももっと複雑な感情を抱いていることが見て取れた。

今までの感謝を伝えれば彼の死を受け入れることになるし、だからといって悲嘆に暮れることもできない。獣神の死はパラビストにおいて最上の栄誉とされているのだから。

オーウェンを助けたい。けれどその手段がない。誰もが胸の内に悔しさを抱えている。

夕刻が近づくとオーウェンは一度ルークのもとを離れ、温かい飲み物を持って戻ってきた。隣に腰を下ろしつつ「寒いだろう」と外套の中に入れてくれる。二人で同じ外套に包まり、互いの体温で温め合う。

「ルークは温かいな。いつもより少し熱いように感じる」

「ああ、なんか昨日から体が火照るんだよ」

「こんな状況だからな。疲れが溜まっているのだろう」

「でもオーウェンのそばにいるとちょっと楽になる気がする」

オーウェンから渡された甘い茶を啜り、ルークはやわらかく微笑んだ。海風に揺れる銀髪が目許にかかる。それをオーウェンが指で払い、目尻に優しく唇を寄せた。

「それはルークからもらったお守りの効果かもしれないな」

上着の胸元を指先でつついてみせ、オーウェンもまた穏やかな笑みを浮かべた。婚礼の儀を行った夜に渡した耳飾りを、彼は肌身離さず持ち歩いてくれている。

西に傾き始めた太陽が水面を照らし、チカチカと白い光を放った。漣《さざなみ》の音と潮の香りが二人を優しく包み込み、最後の時間をより美しく彩る。

幸せだな、とルークは思った。孤独に凍てつく心から目を逸らして生きてきたのに、人生が終わる直前にはこうやって愛する人と温もりを分け合うことができている。

オーウェンの様々な表情を、声を、体温を、少しでも長く感じていたいのに、彼のそばにいると安心するためか急にまぶたが重くなってきた。眠気を覚えた赤子がぐずるように顔を顰め、彼の肩にぐりぐりと額を擦り寄せると、オーウェンがくすりと笑い声を漏らす。

「おやすみ、ルーク」

大きな手に頭を撫でられるととても耐えられなかった。「五分経ったら起こして」と伝えられたかどうかも判然としないまま、ルークは強烈な睡魔に意識を奪われた。

唇になにかやわらかなものが触れ、ルークは意識を取り戻した。

砂浜に座ったままうたた寝をしていたはずなのに、ルークは草の上に仰向けに転がっていた。視界に映るのは見慣れた外壁で、その建物が獣神の屋敷だと気づくまで時間がかかった。体の上には深紅の外套がかけられていて、持ち主の後ろ姿は徐々に遠退いていく。置いていかれる。そう直感してルークは飛び起きた。

「オーウェン！」

半ば叫ぶように名前を呼ぶと、オーウェンの肩がぴくりと揺れた。狼耳と尻尾が生えた姿から、半獣と化してルークを屋敷の敷地内まで運んできたのだと分かる。空はすでに橙色に染まっていて、泥の怪物が動き出す時間が迫っていることを示していた。

気怠い体を強引に起こし、ルークは慌ててその背中に駆け寄った。オーウェンの正面に回り込み、両手首をつかんで見上げる。

「どういうことだよ。なんで俺はここにいるんだ？　北東の海にいた泥の怪物は？　なあ、答えろよ、オーウェン！」

必死の形相で詰め寄るルークを、オーウェンは言葉もなく見下ろしていた。どう答えるべきか迷い、意図的に感情を抑えている表情だった。

「北東の海にはこれから戻る。戦いが再開するまでには間に合わせるが、万が一の場合には足止めを頼むと兵士たちに伝えてきた」

静かな口調で説明していたオーウェンが、そこで一度言葉を止めた。続きの言葉を口にすることに一瞬の迷いを見せる。

「ルークを安全な場所に置いてくる時間をくれと、そう言った」

正直に打ち明けられた言葉に、ルークは頬を張られたような衝撃を受けた。瞬きもせずに立ち尽くすルークに、オーウェンは「騙し討ちばかりの一族ですまない」と苦々しく漏らす。どういう意味だ、と逡巡した末、三大貴族が呪いを受けるきっかけのことだと分かった。オーウェンから渡された飲み物に眠り薬が仕込まれていたのだろう。

「なんでそんなことを……」

「俺と一緒に、ルークも死ぬつもりでいただろう？　あるいは、自分の命と引き換えに俺を生かそうとしていたか」

核心を突かれ、今度はルークが言葉を失った。ルークの考えなどオーウェンはすべてお見通しだったらしい。

動揺のあまり視線を泳がせるルークに、オーウェンが眉尻を下げて困ったように笑った。手首に巻きつけていた指をそっと外させ、両手でそれぞれの手をゆるく握り直す。払いのければ簡単に外れてしまいそうな、力ない握り方だった。

「反対の立場であれば俺も同じことをしただろう。ともに生きられないのならともに命を落とすことを選んだはずだ。ルークがいない世界で一人で生きていくなど、俺には耐えられない」

兵士たちに、自分を討つ命令を淡々と出していた男とは思えないほど、オーウェンの言葉は弱々しかった。その未来が彼にとってどれほどつらいものなのかが伝わってくる。

それなら……と反論しかけるルークの唇に、人差し指が触れた。首をゆるやかに横に振ったオーウェンが、暮れゆく空を見上げる。燃えるような美しい橙色が、二人の頭上に延々と続いていた。

「ルークと出会ったことで、俺の世界は見え方が変わった。町の賑わいや、見知った人々の笑顔、季節の移り変わりによる色合いの変化……そういったものが、より鮮やかに映るようになった。ルークが俺に教えてくれたんだ。誰かを喜ばせたい、笑っていてほしいと願う気持ちを。温もりを与えてもらうと人は心が動くのだということを」

オーウェンの言葉は穏やかで、満ち足りたような温かさを感じさせた。この世に未練を残さないようにと、感情を抑えつける生き方を強いられてきた獣神はもういない。きっと今の彼にはたくさんの未練がある。

ルークとの婚礼を心から祝ってくれた国民、オーウェンの願いを叶《かな》えるために味方になってくれた従者たち、彼とともに戦い続けた兵士。強気で世話焼きな妹のようなシェリーと、弟のようでも息子のようでもあった可愛いテッド。

それから、命をなげうってまでたった一つの愛を貫こうとする花嫁。

オーウェンの変化を思いながら、いつの間にかルークは泣いていた。だって気づいてしまった。彼がこの先なにをしようとしているのかを。

互いの額を合わせ、オーウェンが手のひらで頬を包んでくる。涙で滲む視界の中、オーウェンは金色に輝く双眸を細め、心から幸せそうに笑った。

「獣神としてパラビストを守らなくてはならないと思ってずっと生きてきた。けれど今は、ルークが第二の性によって理不尽な目に遭わずに済む国を守りたいと思っている。……だからルークを連れてはいけない」

内緒話をするような音量で告げ、オーウェンは静かに唇を重ねた。そっと触れ合わせるだけの、優しくて悲しい別れのキスだった。

「俺を恨んでいい。憎んでもいい。それでもどうか、俺の分まで生きてくれ」

熱い涙で濡れる頬に、新たな雫がぽたりと落ちた。瞬きをした瞬間に視界が晴れて、すぐ目の前でオーウェンもまた泣いていることを知る。

その頬に手を伸ばそうとしたが、もう遅かった。

身を翻したオーウェンが地面を蹴り、驚異的な脚力で宙に舞い上がった。風に揺れる黒い尾も、ぴんと立った狼耳も、あっという間に小さくなってルークのもとを離れていく。

「……っ……オーウェン！」

喉の奥で凍りついていた声をようやくしぼり出せたのに、呼び止めたい相手はすでに遥か遠く、とても手が届かない場所へ行ってしまった。慌てて追いかけたものの、すぐにその姿は森の向こうに見えなくなる。

「あ……、ああ……」

膝からくずおれたルークは、草地に手をついてうなだれ、涙を落として絶望に暮れた。屋敷に控えていたシェリーとテッドが、間を置かずやってきて傍らに屈み込む。

「中へ入りましょう。これからはわたしたちがあなたを守るわ」

オーウェンから事前に指示があったのだろう。労るように肩に手を置かれ、ルークは顔を下に向けたままかけられた言葉を頭の中で繰り返した。

(俺はまたオーウェンに守られるのか)

差別主義の商人を退けたときも、他の薬花と番えないように婚礼の儀を行ったときもそうだった。自分が犠牲になればいいと考えるルークをいつもオーウェンが守り、結果的に彼が犠牲になってきた。

シェリーに支えられて立ち上がったルークは、すぐそばにそびえ立つ屋敷を見上げた。そこで出会った一人の男のことを思い返す。

感情表現が下手で、周囲に誤解を与えてしまう人だった。その実、無垢な子供のように素直で、指摘されたことはきちんと改善しようと努める人だった。慈愛の心を知ってからは、そのまっすぐな眼差しに想いを込めて惜しげもなく注いでくるような人だった。

普通の人とは違う境遇に生まれたからこそ、ルークの痛みを理解してくれる優しい人。この国が、ルークが、決して失ってはいけない人なのだ。

（……無理だ、俺だって）

オーウェンのいない世界でなど生きていけない。

震える拳を握りしめたルークは、涙で濡れる目許を乱暴に擦った。シェリーの手を振り解いて駆け出すと、後ろから「はなよめ様！」とテッドの焦った声がかけられる。

「そうだよ、俺は獣神の花嫁だ！　オーウェンを絶対に死なせたりしないし、俺だって絶対にオーウェンの牙で死んだりしない！」

ルークは絶望に沈んでいた薄紫色の虹彩に燃えるような闘志を宿し、シェリーとテッドに向かって力強く告げた。その言葉に二人は瞠目し、一瞬の間ののち深く頷く。

「馬を用意するわ。厩舎にいる中で一番速く走る馬を」

そう言うとシェリーは厩舎へと駆けていった。協力してくれるのだと悟るまでに少々時間を要し、ルークはオーウェンの外套を羽織ってからテッドとともに彼女を追いかける。

花嫁修業の成果もあり、賢い馬はルークを落とすことなく目的の地まで駆けてくれた。

北東の海にたどり着く頃には空は漆黒に染まっていた。

馬を下りて砂浜に向かったルークは、そこで目にした光景に言葉を失った。兵士たちに戦意を失わせるほどの巨体を持つ怪物の頭を、同等の大きさにまでなった黒狼が前脚で踏みつぶしていたのだ。

水面に頭を突っ込む体勢で制圧され、泥の怪物は身動きが取れなくなっている。夜空に

浮かぶ満月を見上げた狼は、勝利を誇るように伸びやかな声で遠吠《とおぼ》えをした。ひとしきり声をあげると顔の位置を戻し、沖合を一瞥する。

日中に応援を呼んできたのか、海面には数えきれないほどの帆船が浮かんでいた。それでもこの状況はまずいと思ったのだろう。大量の帆船が慌てて動き出す。カムハダンに引き返すつもりなのだ。

それを許す獣神ではなかった。水飛沫を上げて軽やかに跳ねた狼は、木製のおもちゃでも踏みつけるかのようにあっという間に帆船を踏みつぶした。逃げ惑う船を前脚で叩き割り、側面を嚙み砕き、次々に海の藻屑に変えていく。

半分ほど壊したところで、呪術師が乗っている帆船に当たったらしく、泥の怪物はみるみるうちに溶けて跡形もなく消え去った。昨夜あれほど苦戦していたのが嘘のように、北東の海に静けさが戻る。

(これがオーウェンの獣神としての力……)

歴代最長の就任期間を誇る獣神の、その圧倒的な強さにルークは息を飲むばかりだった。しかしオーウェンの邪魔にならないよう後ろに控えていた兵士たちは、ここからが本番とばかりに武器を握り直す。

夜の海に立つ巨大な狼は、爛々と光る金色の目を兵士たちに向けた。先ほどと同様に遠吠えをしたのち、勢いよく砂浜に向かって駆けてくる。

「逃げろ‼」

進行方向にいた兵士に向かって上官が声を張り上げた。兵士が慌てて横に飛び退くと、そこに狼の巨体が突っ込んでくる。その体が岩場にぶつかり、固い岩肌にひびが入った。

ガラガラと音を立てて岩の一部が崩れ落ちる。

「あんなのが人間に突っ込んできたらひとたまりもないだろ……！」

鋭い爪を覗かせた狼は、荒い息を漏らす口から唾液を垂らし、獰猛さを宿した目で獲物を物色していた。オーウェンとしての自我を完全に失った獣が、今まさに人間に襲いかかろうとしている。

唾液を撒き散らしながら突進し、ときには巨大な前脚を振り上げて攻撃してくる狼から、兵士たちは蜘蛛《くも》の子を散らすように逃げ惑った。武器を手に応戦する者もいるが、剣も槍も刃がこぼれるばかりで、その鋼の体に傷一つつけることができない。いつ死人が出てもおかしくない状況だった。

「やめるんだ、オーウェン！」

砂に足を取られながらも、ルークは暴れ回る狼のもとへ必死に駆けていった。「危険です！」と兵士たちが止めるのも聞かず、後ろ脚の近くに立って声を張り上げる。

「もう敵はいなくなったんだ！　これ以上戦う必要は……」

胴体の陰からこちらを睨む目が覗いたと思ったら、直後に視界が真っ黒な毛に覆われた。

「花嫁様‼」

ルークは砂の上を波打ち際まで弾き飛ばされた。押し寄せてきた冷たい波が衣服や髪を濡らす。尻尾で横殴りにされたらしい。顔を上げたルークは、狼がすぐそばまで迫っていることを悟り表情をこわばらせた。

咄嗟に立ち上がったルークが砂浜を蹴るのと、鋭い爪が背中から脇腹までを掠めたのは同時だった。焼けるような痛みが走る。

「ぐ……っ」

再び波打ち際に転がったルークは、くぐもった声を漏らし顔を歪めた。深い傷ではないが皮膚が裂けたようで、破れた衣服に血が滲むのが分かる。額に浮かぶ雫が海水の飛沫なのか痛みによる発汗なのか、ルークには判断がつかなかった。

狼がゆったりとした足取りで近づいてきた。腹を満たすための獲物を狩っているのではなく、猫が鼠《ねずみ》をいたぶるように、ルークを弄んでいるのだ。

海水に下衣を濡らしたまま、ルークは夜の海で巨軀を持つ漆黒の狼と対峙《たいじ》した。狼の鼻先が眼前に迫り、裂けた口を大きく開いて白い牙を覗かせた。嚙みつかれる、とその場にいる誰もが息を飲んだ。

「帰るぞ、一緒に」

ルークの静かな声が響いたのは、今まさにその痩身を牙が貫こうとしたときだった。オーウェンから預かった深紅の外套に犬歯が触れるか触れないかといったところで、上顎と下顎がぴたりと動きを止める。

痛みを堪えながら毅然《きぜん》と立ち上がるルークを、狼はわずかに顎を引いて観察した。

「決めたんだ。誰にもオーウェンの命を奪わせないし、オーウェンにだって誰も殺させないって。俺がオーウェンを連れて帰る」

揺るぎない口調で宣言したルークは、破れかけた衣服をつかむと強引に引き裂き、狼の眼前に傷口を覗かせた。皮膚を伝う血に狼の視線が注がれる。獣神は薬花の体液に固執するのだ。

「血だって薬花の体液だ。好きなだけ舐めていい。……その代わり、ちゃんと戻ってこい」

両腕を広げて体を差し出す様子を、誰もが固唾を呑んで見守っていた。狼は濡れた鼻先をルークの脇腹に寄せ、ひくひくと動かして血の臭いを嗅ぐ。緊迫した空気の中で、打ち寄せる波音だけが響いていた。

大きく薄い舌が、血が滴る脇腹に這った。火傷のような痛みが走り、思わず眉を顰めた。狼は頭を揺らしながら丁寧に滲み出る血を舐めていく。

その瞬間、ルークの心臓がドクンッと音を立てた。同時に、体の芯を抜き取られたかのように脚に力が入らなくなり、膝からくずおれる。

「あ……っ？」

困惑を露わにするルークの前で、狼もまた金色の双眸を大きく見開いた。ざわざわとした感覚がうなじを駆け上り、ルークは両腕で己の体をかき抱く。血が沸き立つように全身がひどく火照る。初冬の海に下衣を濡らされている状態とは思えない。

腰が重く気怠い。臍の下の辺りで、熱がとぐろを巻くようにぐるぐると回っている。それは生まれて初めて味わう感覚だった。

「この香りは⁉　オメガの誘惑香か⁉」

風下にいる兵士たちが焦った様子で声をあげた。オメガは特有の香りを発しているが、ルークのそれはごく薄い。アルファの中でも特別鼻が利く者が、至近距離にいて初めて嗅ぎ取れる程度のものだ。

それなのに今のルークは、屋外で距離のある場所にいる者にさえその香りを感知されている。立ち上がれないほどの強烈な目眩と動悸《どうき》、全身の火照りを抱え、ルークはようやく自分の状態を正しく察した。

（俺……、もしかして発情してる……？）

手のひらを胸に当て、ルークは唇から薄紅色の吐息を漏らした。触れてもいないのに下肢が切なく疼くのは、妊娠の確率が高まる短い期間に子種を迎え入れるべく、体が準備をしているからだろう。

（今までずっと発情しなかったのに、どうして今になって急に……）

混乱の中で視線をさまよわせたルークは、離れた場所で兵士たちが慌てふためく中、何名かが棒立ちになって自分を見つめていることに気づいた。兵士の中にもアルファはいる。きっとオメガの誘惑香が本能を刺激しているのだ。

じゅくじゅくと蕾が潤むのを感じ、ルークは堪らずかぶりを振った。アルファに抱かれたいと願う体に怖気立つ。誰でもいいわけじゃないのに、オメガの体は優秀な遺伝子を持つアルファを誰彼構わず招き入れようとする。

（オーウェンじゃなきゃ嫌だ……、……オーウェン……！）

人生でたった一人、心の底から番いたいと願ったアルファを頭に浮かべ、ルークはぎゅっと目をつむった。直後、すぐそばから心地よい芳香がふわっと立ち上る。

花を煮詰めたような豪奢で甘美な香りが鼻腔をくすぐったと思ったら、大きな手がルークの肩を抱いた。引き寄せられ、驚いてまぶたを開けると、古い傷痕が残る厚い胸板が目に飛び込んできた。

心拍数が急激に上がる。まさか、と思った。どうかそうであってほしいと祈るような気持ちで、恐る恐る顔を上げる。

ルークを守るように腕に抱き、兵士たちをまっすぐ見据えていたのは、重たい黒髪と金色の虹彩が特徴の端整な面立ちの男だった。ルークに唯一の愛を誓ってくれた人。ルークが初めて恋をした人。

パラビストの獣神、オーウェン・ブラックウェルがそこにいた。本能に支配された黒狼の姿ではなく、ルークが愛した人間の姿で。

「それ以上近づくな。俺のオメガだ」

独占欲を露わに威嚇するオーウェンは、沸き立つ激情を抑えきれない様子で狼耳と尻尾を生やした。鋭い眼光から放たれる威圧感に、十分な距離があるにもかかわらず兵士たちが一斉に背筋を伸ばした。

強すぎる存在感に気圧され、衝撃はあとになって追いついてくる。

「オーウェン……自我が戻ったのか……？」

裸の胸元に縋り、ルークは信じられない思いで尋ねた。彼に焦がれるあまり都合のいい幻想を見ているのか。だが、こちらに顔を向けたオーウェンは穏やかに目許をゆるめ、やわらかな微笑みを見せた。

「ああ。ルークの強い想いが、俺の意識を引き戻してくれた」

耳に馴染んだ低い声もやはり彼のものだ。ルークは腹の底から込み上げる熱い感情で、胸がひたひたと満たされていくのを感じた。目頭が熱くなり、じわりと視界が滲む。

帰ってきた。帰ってきてくれたのだ。

もう二度と会えないのではないかと思っていた人が、ルークのもとに戻ってきてくれた。

抱きしめたくて腕を伸ばすが、その手首をオーウェンに捕らえられた。彼の胸が大きく上下に動いている。頬は上気し、濡れた唇は艶めいている。なにより、ルークを見下ろす金色の双眸には、温かな慈愛だけではない、熾火のような劣情がありありと映し出されていた。

オーウェンは欲情している。オメガであるルークの誘惑香にあてられ、その体を貪りたいというアルファの本能に心身を昂らせていた。

その事実に気づくと臍の下が急激に切なくなり、ルークもまた全身をひどく火照らせた。誘惑香が濃くなったようで、オーウェンは眉間に深い皺を刻むと、己を律するように必死に下唇を噛む。

「人気のない場所に移動しよう。……我慢も限界だ」

オーウェンは掠れた声で漏らし、ルークが預かっていた深紅の外套を羽織った。ルークの体を横抱きにし、月が浮かぶ漆黒の空を見上げると、濡れた砂浜を蹴って宙を舞った。

オーウェンに抱えられてやってきたのは静かな森の中だった。木に背中を預ける格好で腰を落としたオーウェンの太股を、ルークが跨ぐ形で体を向かい合わせる。互いに引き寄せられるようにキスをしたらもう止まらなかった。

「……っ……はぁ……」

舌で口腔を好き勝手に犯され、混じり合った唾液が唇の端から顎に伝う。舌の根が痛くなるほどきつく吸われると脳までじんと痺れていくようだった。口付け一つですでに溺れている。オーウェンから与えられる深い快楽と愛情の波に。

「すごいな。ルークの誘惑香はこれほどまでに甘い香りだったのか」

ようやく唇を解放したオーウェンが、ルークの首筋に顔を埋め深く息を吸い込んだ。甘いのはオーウェンの誘惑香だって同じだ。発情したルークにアルファとしての本能が刺激され、それによって放たれる芳香がまたルークを官能の渦に落とす。

互いの存在によって深みにはまっていく感覚が、恐ろしいのに興奮を煽った。

脇腹の傷に触れないように注意しながら、オーウェンはルークの腰元から下衣の中に手を差し入れた。滑らかな双丘の片方を揉みしだき、中央にある窄まりを指の腹でなぞる。

そこはすでにしとどに濡れ、太股まで蜜を垂れ流していた。

「もうこんなになっていたのか。衣服が濡れていたのは海水ばかりが原因ではなかったらしいな」

「う、うるさ……あ、あっ、あ！」

笑い声を含んだ揶揄《やゆ》に、なにか言い返そうにも口を開けば鼻にかかった喘ぎ声しか出てこない。潤んだ蕾に指が入り込み、浅い場所でぬぷぬぷと出入りされると、それだけで腰が砕けそうなほど感じてしまう。

もっと深く味わいたくて、ルークは自ら腰を落として自重で指を咥え込んだ。下肢を前後に揺らし、節くれ立った指の感触を堪能する。

その動きの中で、下衣の上からでも分かるほどに勃起した中心がオーウェンの下腹部に擦れた。オーウェンもまたはち切れんばかりの固さになっていて、ルークから与えられる刺激に眉を寄せる。精悍な顔が苦しげに歪む様は、滴るような雄の色香をたたえていて、ルークは思わずきゅうっと指を締めつけてしまう。

淫猥な動きをする内壁に気をよくしたのか、オーウェンは印象深い目許を細め微かに口角を上げた。

「淫らな孔だ。そんなにここを触ってほしいのか?」

言葉で辱めながら指を足されると、様々な箇所を同時に刺激されわけが分からなくなるほど感じた。じゅくじゅくと音を立てて蜜を溢れさせながら、ルークはオーウェンの肩にしがみつき喉を反らして喘ぐ。

「さわって……っ、さわってほしぃ……ぁ、あぅ、あうぅっ」

催淫剤など比べものにならないほど、全身が昂って仕方がない。抗いがたい色欲の波が羞恥や理性といったものを生まれる間もなく押し流していく。

ルークに膝立ちになるよう促すと、オーウェンは破れた衣服から覗く胸の尖りに唇を寄せた。舌で舐め転がされ、唇で食まれてから強く吸われる。右手は内壁を掻くのに忙しく、左手は体を支えるように尻に添えつつ淫らな動きで撫で回していた。

　雄を刺激したいのに触ってもらえず、ルークは自ら腰を揺らめかせてオーウェンの胸元に下肢を擦りつけた。腹の底から這い上がってくる濃密な快感に、ルークは太股をガクガクと震わせる。

「あっ、来る……！　く、くるっ、きちゃう……っ、あっ、ぁ、あん……ッ！」

　上擦った声をあげ、ルークは全身を細かく痙攣させて絶頂に達した。下衣の中で白濁が溢れ、ただでさえ湿っていた布をさらにぐっしょり濡らしてしまう。

　ルークが射精の余韻に浸る中、オーウェンは痩身が倒れないよう支えつつ、様々な体液で汚れた下衣を取り払った。「もう少し頑張れ」と頬にキスを贈られ、ルークは陶然としながら彼の下腹部に目をやった。

　筋肉質な太股の間にあるのは、勇ましく隆起した怒張だ。血管の浮いた幹が興奮で脈打っている。太く雄々しい昂りを前に、ルークは堪らず唾液を飲み下した。

「おいで、ルーク」

　ルークの顎に指を添えたオーウェンが、唇の表面に軽く吸いつきながら言った。快感の余韻と、興奮と期待。それらが頭の中でごちゃごちゃに混じり合い、ルークは恍惚の表情で頷いた。自らオーウェンの中心を蕾に宛がい、狙いを定めて腰を落としていく。

「ぁふ……、っひ、あ……あぁ……ッ！」

ぬかるんだ孔に太い楔を打たれる悦びは、指で与えられる快感の比ではなかった。全身がオーウェンを迎え入れる歓喜に沸き、半分ほど埋めただけで勝手に内壁が蠕動する。目の前で細かな光がチカチカと飛び、頭の中を真っ白に染めた。

「途中までしか挿れていないのに、もう中で達してしまったのか？　初めての発情はすさまじいな」

打ち上げられた魚のように口を開閉させ、それ以上身動きが取れずにいるルークに、オーウェンが淡い笑みを漏らした。宥めるように頬や鼻先に口付け、太股の裏に手を置く。そのままぐいっと引き寄せられ、ルークは体の支えを失ってオーウェンの上に勢いよく腰を落とした。途中まで飲み込んでいた肉杭が体の中心に深く突き刺さる。

「……ッ……――！」

もはや声も出せず、ルークはびくびくと全身を震わせながら間を置かず絶頂に達した。オーウェンが言うところの「中で達した」という状態のようで、力を取り戻している性器はいまだ漲ったまま精を吐かない。

（夜が明けるまでに、一体何度この強烈な快感を味わえばいいんだ……？）

男の体なら射精をして終了だろうが、女のように体内で得る快楽は際限がない。オーウェンの肩に頭を乗せ、ぐったりと身を預けていると、銀色の髪を大きな手のひらがゆったりと撫でてくる。

後頭部を行き来していた手は、やがてうなじまで下りてきた。指の腹で皮膚を撫でられると、それだけで胎の中が切なく疼き、埋め込まれた雄を締めつけてしまう。

「ここを噛ませてくれないか……？」

首を捻ってうなじに唇を寄せ、オーウェンが熱い息を漏らしながら尋ねた。すぐにでも噛みつきたい衝動を必死に抑えているようだが、掠れた声からは余裕のなさを感じ取れる。

それでもオーウェンが、アルファとしての本能よりもルークの気持ちを優先しようと努めてくれるのが嬉しかった。

「たとえ薬花でなくとも、俺はルークを番にしたいと望んだはずだ。この甘い香りを、他のアルファも嗅ぎ取れるのだと思うと腸が煮えくりかえる。ルークが薬花の務めをしてくれた際に、兵士もこの愛らしい姿を見たのだと思うと胸が焼けてしまいそうだ」

あまりに直球な発言に、ルークは笑ってしまいそうになるのを必死に堪えた。

「俺の旦那様は随分嫉妬深いんだな」

「当たり前だ。俺の花嫁に色目を使う奴などすべて八つ裂きにしてやりたい」

アルファの本能に支配された兵士たちを思い出したのだろう。苦々しい物言いに、「なんて奴だ」と今度こそルークは笑った。ともに戦ってきた仲間だというのに、ルークのこととなると途端にオーウェンは理性を失ってしまう。

そんなオーウェンの人間くささがルークは嬉しかった。彼の番になり、悲しい最期を回避させられる存在であることが嬉しかった。

「噛んで」

オーウェンが埋め込まれた場所——臍の下に広がる花紋に手のひらを当て、ルークは穏やかな気持ちで微笑んだ。

「俺をオーウェンの番にして」

愛する男に身を委ね、ルークはまぶたを伏せて心を静かにする。唾液を飲み下す音が聞こえ、「分かった」という短い返事ののちにうなじに歯が立てられた。

皮膚に犬歯が食い込んだ瞬間、痛みよりも燃えるような熱を感じ身を跳ねさせた。婚礼の儀のあと、閨《ねや》で番の真似事をしたときとはまるで違う。全身が痺れて、噛まれた衝撃だけで下肢が蕩けていく。

自分はこのアルファのものになったのだと、うなじだけでなく魂にまで刻まれるようだった。

「これで本当に、心身ともに俺だけのオメガだ」

噛み跡に舌を這わせたオーウェンは、弛緩《しかん》する体を抱き留め満足げな声を漏らした。唐突にルークの腰をつかんで揺さぶり始め、遠慮のない動きで下から突き上げてくる。漲った雄で熟れた肉を穿《うが》たれ、ルークは前触れのない刺激に惑乱した。

「ぁっ、あ！　いきなりそんな……っ」

「よく堪えたほうだろう？　可愛いオメガが目の前で乱れているのに、きちんと番にするまでは懸命に理性を保ち続けたんだからな」

だがもう限界だ……とオーウェンは星のような目を爛々と光らせて言った。

猛った雄で滅茶苦茶に突かれ、特に感じる場所を丸い先端で抉られて、ルークは深すぎる愉悦に啜り泣いた。愛液を垂れ流す蜜壺は太い幹で蹂躙されるたび、ぐちゅっぐちゅっと淫靡な水音を漏らしオーウェンの太股を汚す。

股の間で反り返った雄も、先走りなのか精液なのか分からない体液を漏らし続けていた。初冬の夜とは思えないほど全身が熱を放ち、ルークは剥き出しの肌を汗でびっしょりと濡らした。オーウェンもまた玉のような汗を浮かべ、ルークの体を貪って快楽に溺れている。

自らも腰を艶めかしく揺らすルークに、オーウェンは精悍な顔に雄の色香をまとわせて口許をゆるめた。頬に手を添えて唇を寄せ、角度を変えて啄む。

「はあ……ッ、可愛いな……。ルークは本当に、どこもかしこも綺麗で可愛くて目が離せなくなる」

蕩けるようなキスの合間に囁かれる睦言はひどく甘く、ルークの思考をどろどろに溶かしていく。言葉だけでなく、オーウェンから与えられる快楽も、その視線も、なにもかもが蜂蜜に浸けられたかのように甘い。

「んっ……、……俺も、オーウェンしか見てない。……好きだ」

正気に戻った際に居たたまれなくなるだろうと自覚しつつも、ルークは身を苛む熱に流され思いの丈を打ち明けた。いつになく素直なルークにオーウェンは一瞬瞠目し、それからすうっと双眸を細める。獲物を前にした獣の目だと思った。

ルークの細い腰を両手でつかんで固定し、オーウェンがガツガツと雄で突き刺してくる。

「あぁぁッ！　激し……っ、あ、ぁ、壊れる……っ！」

追い上げるような直線的な抽挿に、ルークは背中をしならせて身悶えた。つんと尖った乳首に吸いつきながら、オーウェンは濡れた媚肉を夢中で味わっている。胸にかかる息が荒く、熱い。彼もまた絶頂が近いようだった。

「中に出すぞ」

ルークの皮膚に歯を立てながらオーウェンは言った。

「俺の子種を一滴残らずルークの中に注ぐ。俺のものだ、ルーク。俺の子だけ孕め」

強い執心を滲ませる声で囁かれ、ルークは全身で感じ入りながらこくこくと頷いた。それを見たオーウェンが満足げに手を前に回し、とろりと蜜を漏らす中心を握り込んだ。中だけでも苦しいほど気持ちいいのに、男としての性器まで同時に刺激されては堪らない。

「ひぁっ！　やめっ……、ぅあ、漏れ、もれる……っ、やぁぁ……――ッ！」

大きな手のひらで扱かれ、ルークは耐えきれず潮を噴いた。その衝撃で内壁が激しくうねり、中にいるオーウェンを淫らに搦め捕る。

眉間に深い皺を刻み、オーウェンが低い呻き声を漏らした。胎の奥に熱い飛沫を浴び、ルークは天を仰いで睫毛を震わせる。同時に、埋め込まれたものの根元に瘤《こぶ》のような膨らみを感じた。

オメガの誘惑香で発情状態になったアルファは、射精している最中に結合が外れないよう、性器の根元にある亀頭球で後孔に蓋をするのだ。臍の下に手のひらを当て「熱い……」と漏らすと、オーウェンがごくりと喉を鳴らした。

「アルファの射精は長い。しばらく耐えてくれ」

なにかを誤魔化すように咳払《せきばら》いをして、いつの間にか地面に落ちていた自身の外套を拾い上げ、ルークの肩にかけてくれる。オーウェンの香りに包まれるとほっとして、ルークは彼の肩に頭をもたれ頬を擦り寄せた。

「別にいいよ。オーウェンのでいっぱいにされるの、俺、嫌いじゃないから」

色に濡れた息を漏らしつつ告げると、オーウェンが鋭く息を吸い込んだのち、ガシガシと頭を掻くのが分かった。彼にしては粗暴な仕草に驚いて顔を上げると、思いがけず恨みがましい目を向けられる。

「俺の番は男を煽るのが随分うまい」

「え？　は？」

「続きは屋敷でと考えていたが、もう一回くらい求めても問題なさそうだな」

思うままに口にした言葉がどうやらまずかったようだ。ちょっと待て、と身を離そうにもいまだ結合は解ける気配がない。二の腕をつかんで引き寄せられると、またあの豪奢な芳香が漂ってきてルークの理性を簡単に溶かしていく。

オメガの発情はこれほど甘美で厄介なものだったのか……と冷静な頭で思い知ったのは、屋敷に戻り、丸一週間かけてオーウェンと爛れた行為に耽《ふけ》ったあとだった。


冬が終わり、春が来て、パラビストに再び初夏の日差しが注ぐ。

護衛と侍女を連れて城下町の広場で買い物をしていたルークに、大通りからやってきた薄茶色の髪の青年が「花嫁様！」と声をかけてきた。半年前、ルオテスマの食堂でサーゲルの仲間たちと話していた年若いオメガだ。

青年は、護衛と侍女が抱える大量の果物入りの麻袋を見て「随分買いましたね」と目を丸くした。彼の首元で輝くのは、薄紫色の鉱石をあしらった首飾りだ。かつてルークが母親の形見として身に着けていた耳飾りに使われていたのと同じ鉱石だ。

「石の効能はあったか？」

「そりゃもう存分に！　今まで発情期中は一歩も外に出られなかったのに、この首飾りを着けるようになってからまったく発情がなくなったんですよ」

嬉々として語る青年に、ルークは「よかった」と安堵の笑みを見せた。

ルークがオーウェンの番になってから半年が過ぎた。その期間、パラビストの内外では大きな変化がいくつかあった。一つ目が、オメガが発情を自分の意志で止められる可能性が出てきたことだ。

なぜルークの初めての発情が、一般的な時期より十年も遅れたのか。その原因を探るうちにたどり着いたのが、パラビストが主な産地となっている鉱石・クラチファだ。クラチファは神秘的な力を宿す鉱石として、体調の波を整え心身を安定させると言われている。

薄紫色に輝くクラチファは、父から妊娠した母へ送られた特注品の耳飾りにもはめ込まれていた。それを毎日身に着けた結果、母はルークを産んだあと、発情がまったく起こらなくなった。

ルークは初めての発情を迎える前に母からクラチファの耳飾りを譲り受け、一度も発情を起こさなかった。婚礼の儀のあと、お守りとしてオーウェンに贈るまでは。

ルークと母に発情が訪れなかったのは、クラチファを常に身に着けていたためではないか。その仮説を立証するため、パラビストで暮らすオメガにも一定期間クラチファを持ち歩いてもらった。すると、彼らもまた三ヵ月経っても発情が起こらなかったのだ。

「装飾品を身に着けるだけで発情を止められるなら、ベータと変わらない生活を送れますよね。サーゲルの仲間たちも、いつかこの首飾りを手に取ってもらえたらいいんだけど」

指先でクラチファを弄りながら、青年はしんみりとした調子で言った。なんとも言えない寂しさのような感情が伝播《でんぱ》して、ルークも「そうだな」と静かに頷く。

オーウェンの番となった数ヵ月後、ルークはサーゲルのオメガたちにパラビストへの移住を持ちかけた。状況が変わり、今後、獣神が薬花と番う必要はなくなったが、オメガにとってパラビストはやはり暮らしやすい国だろうと思ったからだ。

しかしその提案に乗ってきたのは、目の前にいる青年を含めた三人だけだった。元サーゲルの一員と言っても、番持ちのオメガなど信用ならないというのが大方の見解だった。長年アルファに怯えて生きてきた彼らにとってはそれが自然な反応なのだろう。

信じてきた思想を捨て、新たな環境へ飛び込むのは勇気が要る。だからこそルークは今、クラチファを使った発情抑制器具としての装飾品作りに力を入れていた。

隠れて暮らさずとも、オメガが発情を制御しベータに近い生活を送れるようにと。

「ま、当面は他のオメガにも協力してもらって、クラチファの発情抑制の持続性を検証していかなきゃな。安定した数を生産するために職人も確保しなきゃだし、首飾りを国外にも流通させるためにしっかりした販路を得ておかないと、強欲な商人が間に入ったらとんでもない額で取引されかねねえし。はあ……、まだまだやることがいっぱいだ」

指を折りながら今後進めていくべき項目を数え、ルークは苦笑を漏らした。その様子を見ていた侍女が、肩を揺らしてクスクスと笑い声をこぼす。ルークが屋敷にやってきたときからずっと世話を焼いてくれている侍女の一人だ。

「花嫁様、とても充実した表情をされていらっしゃいますよ」

思いがけない指摘に、ルークはきょとんとしたのち頬を赤らめた。眉尻を下げて頭を掻き、ばつの悪さを誤魔化す。そうなのだ。この新鮮な忙しさがルークは嫌ではなかった。

(目標に向かって行動するのってわくわくするもんなんだな)

そんなことを考えながら屋敷に戻ったルークは、買ってきた果物をすぐに出してほしいと侍女に頼み、軽い足取りで廊下を進んだ。応接間の扉をノックしてから室内に足を踏み入れると、長椅子にかけて書類に目を通していたオーウェンが顔を上げる。

ルークを認めると、その精悍な面立ちが和らいだ。

「おかえり、ルーク」

「ただいま。時間どおりに定例会議が終わったんだ?」

「ああ、今回は近隣諸国の要人の顔合わせが主だったからな」

オーウェンの隣に腰を下ろすと、正面の長椅子に座っていたシェリーとテッドも「おかえり」「おかえりなさいませ、はなよめ様」とそれぞれ声をかけてくれる。

「カムハダンの新しい皇帝はどんな感じだった?」

前評判は悪くないみたいだけどと尋ねると、「そうだな……」とオーウェンは顎に手を添え思案する様子を見せた。

「若いこともあってまだ頼りないが、先代の皇帝に比べれば随分ましだろう。未熟なりに他人の言葉に耳を傾け、改善していこうという意志が感じられる」

オーウェンの報告にルークもほっと胸を撫で下ろした。

カムハダンの皇帝は失脚した。パラビストに大敗を喫して求心力を失ったことを機に、アルファ優遇の圧政や、オメガの人身売買が横行する状況に、国民の不満が爆発したのだ。今は新たな皇帝のもと、腐敗した帝国の建て直しに奔走している。第二の性至上主義の方針を変えざるを得なくなったようだ。

「こっちもいい報告よ」

と、得意げに口角を上げたのはシェリーだ。

「例の発情抑制剤を飲み続けたら、ほらっ！　テッドの熊耳と尻尾が生えなくなったの。毎日飲み続ければ、いずれ普通の人間になる可能性もあるわ」

シェリーに背中を押されたテッドが、照れくさそうにしながら頭を見せてくる。確かに、昨日までちょこんと並んでいたはずの熊耳が消えていた。

かつては避けようのない呪いとされてきた獣化能力も、徐々に制御方法が確立されつつあった。

結論から言うと、重要なのはフィダフ草を用いた発情抑制剤だった。薬花の特徴である花紋は、サーゲル秘伝の発情抑制剤を服薬し始めると発現する。ということは、秘伝の薬さえ飲めばどのオメガも薬花となり得るのではないか。

そういった推測のもとに調べると、フィダフ草自体に獣化を抑制する効果があることが判明した。フィダフ草を日常的に体に取り込んでいたサーゲルのオメガたちの体液が獣化を解くことができたのはそういう理由だったのだ。また、発情中のオメガの血液と組み合わせれば、獣化がかなり進行していても強制的に人間に戻せるほど即効性のある薬となり、獣の本能に蝕まれた自我を取り戻すこともできる。

（番になるためにうなじを噛むと血が出るからな。それで番持ちの獣神はいつまでも自我を保つことができたんだろう）

うなじの噛み跡に触れながら、ルークはオーウェンの獣化が解けたときの記憶を掘り返した。北東の海でオーウェンは確かに、発情したルークの血を舐めていたのだ。

「テッドはどうしたい？」

シェリーの報告に静かに耳を傾けていたオーウェンが、膝に腕を置いて前傾姿勢になり、テッドに目を向けた。突然話を振られたテッドは焦った様子で目を泳がせる。

「このまま獣化能力を消し、普通の子供として生きていくか。それともシェリーのように、いずれ獣神となるべく薬を飲む量を抑えるか」

「ふつうの子ども……」

「そうだ。屋敷を出て両親と暮らしてもいいし、獣の神子をやめて他の子供たちと遊んでもいい。テッドの好きなように生きていけばいい」

ルークと番になっても、オーウェンの獣化能力が失われることはなかった。それでも獣神への憧れが強いシェリーは、本人たっての希望で、近いうちにオーウェンと並びパラビストの獣神に就任することが決まっている。

しかし物心つく前から獣の神子として生きてきたテッドは、普通の子供としての生活が想像できないらしく、どう答えたらいいか分からない様子だった。

ぴたりとつけた両膝の上に行儀よく手を並べ、テッドは一生懸命考えを巡らせていた。やがて顔を上げ、はっきりとした口調で告げる。

「まだ分かりません。でもぼくは、じゅうしん様やはなよめ様、シェリー様といっしょにこれからもおやしきで暮らしていきたいです」

しっかりと自分の気持ちを伝えられるテッドの、その素直で聡明《そうめい》な物言いに、彼を見守っていた誰もが頬をゆるめた。「そうね、そうしましょう」とシェリーに頭を撫でられ、テッドが照れくさそうにはにかむ。

獣神として戦いに出るか、能力を消して一般人と同じ生活を送るかを、いずれは本人の意志で自在に操れるようになるはずだ。

三大貴族にのみ与えられたこの力も、いつかは民衆の信仰心を得るための表面的な言葉ではなく、本物の「祝福」へと変わっていくのだろう。

「様々なことが少しずつ、いい方向へ進んでいるのを実感するな」

オーウェンが顔の前で手を組み、穏やかな表情でしみじみと語った。扉をノックする音が聞こえたのは、そんな和やかな空気が満ちているときだった。

応接間にやってきたのは、買い物に同行してもらった侍女だ。食べやすい大きさに切って楕円《だえん》形の皿に盛りつけてある大量の果物が給仕用の台車に載っている。

「随分買ったわね」

シェリーがオメガの青年と同じ発言をした。そんなにか、と肩を竦めつつルークは瑞々しいオレンジを摘む。

「最近なんだか無性に果物が食いたくなるんだよなあ」

「にしても食べすぎじゃない？　果物だって大量に食べれば太るわよ」

「ルークは細すぎる。むしろもう少し肉をつけたほうがいいから問題ない」

会話にすかさず首を突っ込むオーウェンに、シェリーが「獣神様はルークに甘すぎますよ」と呆れ顔をした。さながら新婚の兄夫婦を前にした妹の反応だ。大人たちのやりとりをテッドは穏やかに見守っていて、ルークと目が合うとにこにこと笑んだ。

「はなよめ様は、おなかにいる赤ちゃんの分もいっぱい食べていいと思います」

ごく自然に告げられ、その場にいる大人たちが硬直した。沈黙が落ちたのは一瞬で、すぐさまシェリーが「えっ⁉」と声を裏返らせる。

「嘘、待って、子供ができたの⁉」

「いやっ、できてない！　できて、ない……と思う」

慌てふためくシェリーにルークは大きくかぶりを振った。けれどすぐに言葉尻が淀む。

クラチファを身に着ければ発情を止めることも可能だ。しかしルークは、一般的なオメガと同様に定期的に発情を起こし、番であるオーウェンに愛されることを望んだ。夫婦としての生活を営む中で、いずれ彼の子供を身ごもりたいと考えたのだ。

オメガがベータに近い生活を選択できる未来は遠くない。それでもルークは、オーウェンの番として、花嫁として、オメガという性を受け入れようと決めた。

そんなわけで番になったあとに訪れた二度目の発情も、丸一週間オーウェンの部屋にこもり、彼にたっぷり愛された。妊娠の可能性が皆無とは言えない。

「もうすぐ次の発情期だったはずだな？　予定はいつだ？」

同じ長椅子に座るオーウェンに瞬きもせず詰め寄られ、ルークは両手を向けて制止しつつ体を仰け反らせた。いくらなんでも眼力と威圧感が強すぎる。

「ほ、本当は一週間前から入る予定だったけど……」

「遅れているのか。その件について医師には知らせたのか？」

「いや、まだ……。で、でもっ、初めての発情を迎えた直後は周期が安定しないものだって医師も言ってたし」

ははは、とルークは空笑いをするが、その返事にシェリーが慌ただしく腰を上げた。

「医師を呼んでくるわ！」と応接間を飛び出していってしまう。

「そんな、大袈裟だって。いくら発情期っていっても、オメガの受精率はベータの半分くらいだろ？　そうそう子供なんてできるものじゃ……」

ないだろうと、苦笑しつつ新たな果物に手を伸ばそうとして、すぐ隣から肩をつかまれた。オーウェンのほうに体を向けられたと思ったら、間を置かず正面から抱き竦められる。

「大切にする。ルークから教えてもらった愛情を、俺たちの子供にもたっぷり注いでいく」

テッドの前での抱擁はひどく気恥ずかしいが、どこか切実さを感じる腕の強さや、感動に打ち震える声を聞いてしまえば拒めない。まだ医師にも診せていないのに気が早い……と思いつつ、これほど喜んでもらえるなら嫌な気はしなかった。

テッドも長椅子を下り、てててっと軽い足音を立てて卓を回り込んだ。ルークの太股に頭を乗せて甘え、臍の辺りを小さな手で撫でる。

「男の子でも女の子でも、ぼく、いーっぱいかわいがってあげます。大好きな家族がふえるの、とってもうれしいです！」

健気な言葉に胸が熱くなり、ルークは小さな頭を優しく撫でた。オーウェンもわずかに身を離し、ルークの手に重ねるようにしてテッドの頭に手を乗せる。そこから得る温もりは、まさしく家族の愛が生んだものだ。

（この屋敷に来て、愛情を教えてもらったのは俺のほうだ）

誰からも受け入れてもらえないまま、孤独に苛まれていた日々があった。そんな自分に、家族の温もりを知る日が訪れるなんて想像もしていなかった。愛しい番の香りを胸いっぱいに吸い込み、ルークはぬるま湯をたゆたうような多幸感に身を浸す。

――死の宿命を背負い感情を凍らせていた獣神と、彼の心を解き、奇跡を起こして番となった花嫁。そんな二人の話が、「運命の番」などと呼ばれる逸話として語られるのは、まだ先のこと。

（了）

あとがき

初めまして、もしくはこんにちは。村崎《むらさき》樹《たつる》と申します。「獣神様とは番《つが》えない～アルファの溺愛花嫁さま～」をお手に取っていただき、誠にありがとうございます。

今作は初めてシャレード文庫より刊行していただきました。反発から始まる溺愛花嫁もの、強気に振る舞うオメガ、傲慢に見えてしまう不器用なアルファ……と、大好きなものを詰め込んだオメガバースとなったのですが、いかがでしたでしょうか。執筆中の楽しさと同じくらい、読者様にもお楽しみいただけていたらいいなと願っています。

イラストをご担当いただいた奈良《なら》千春《ちはる》先生には、心より感謝申し上げます。気高く美しいルークと、とびきり色男なオーウェンは、妄想していた一〇〇倍素敵でした！　担当編集様には的確なご意見をいただき頭が上がりません。ありがとうございました。

ご感想等いただけましたら小説執筆の活力になりますので、ぜひともよろしくお願いします。それではまたどこかでお目にかかれますように！

本作品は書き下ろしです

村崎樹先生、奈良千春先生へのお便り、
本作品に関するご意見、ご感想などは
〒101-8405
東京都千代田区神田三崎町2-18-11
二見書房　シャレード文庫
「獣神様とは番えない〜アルファの溺愛花嫁さま〜」係まで。

CHARADE BUNKO
獣神様《じゅうしんさま》とは番《つが》えない〜アルファの溺愛花嫁《できあいはなよめ》さま〜

2023年6月20日　初版発行

【著者】村崎樹《むらさきたつる》

【発行所】株式会社二見書房
東京都千代田区神田三崎町2-18-11
電話　03(3515)2311[営業]
　　　03(3515)2314[編集]
振替　00170-4-2639
【印刷】株式会社 堀内印刷所
【製本】株式会社 村上製本所

落丁・乱丁本はお取り替えいたします。
定価は、カバーに表示してあります。

ISBN978-4-576-23066-5

https://charade.futami.co.jp/